现代
设计元素

XIANDAI

SHEJI

YUANSU

字体设计

目录

前　言 ·· 5

第一章　字体形态的历史演变 ······························ 6
第一节　字体的原始形态 ······································· 6
第二节　字体形态的规范化进程 ······························ 8
第三节　多元纷杂的现代字体设计 ···························· 11

第二章　字体设计基础 ····································· 13
第一节　字体设计基本要素 ···································· 13
第二节　字体元素的视觉个性 ·································· 16
第三节　字体的绘写与技巧 ···································· 18

第三章　字体图像创意法 ··································· 21
第一节　字体图形化设计 ······································ 21
第二节　空间字体设计 ·· 40
第三节　手绘创意字体设计 ···································· 43

第四章　字体表现新意向 ··································· 45
第一节　字体元素的情感展现 ·································· 45
第二节　字体的"视觉质感"表现 ······························ 50
第三节　字体的色彩表现 ······································ 52

第五章　字体运用与设计实践 ······························ 55
第一节　设计与定位 ·· 55
第二节　现代书籍字体的分类设计 ···························· 55
第三节　文字标志的设计与应用 ······························ 63
第四节　环境标志中的文字设计 ······························ 73
第五节　包装设计中的字体应用 ······························ 79
第六节　广告文字的意象设计 ·································· 86

前言

文字的诞生开启了人类文明的大门，同时也揭开了平面设计发展的第一页。在远古时代，为了打破图画对于思想感情表达的局限，人类创造了文字。此后字体与图形、插图、色彩、标志等逐渐成为平面设计的基本元素。而今文字已然成为构筑信息形态的基本元素，展示着每个时代的人文精神。在广阔的平面设计领域里，它以超乎寻常的表现力获得强烈的视觉感染力，与插图、摄影、图形分庭抗争，独领风骚。

文明科技的进步，使字体设计有了长足的发展。字体以一种独立的文化格式出现在设计的各个领域，绽放出耀眼的光芒。特别是电脑的日益尖端化为字体设计开拓了更为广阔的空间。但在过去很长一段时期里，人们把大量的精力放在了如何写字与造字上，忽视了字体自身蕴涵的巨大表现力。

当代平面视觉艺术与设计的发展日新月异，字体仍被认为是最基本、最稳定、最具生命力的设计元素，更有着其他设计元素以及设计方式所不可代替的设计效应。随着商业经济、公益事业、市政设施、社会文化生活的迅速发展，文字积极地参与设计并提升到表现视觉美感的境界。会展、视觉导向系统、娱乐空间、视屏系统与音像制品、形形色色的广告及宣传样本等，为字体设计提供了各种可视表现的空间。其表现体裁也是多种多样的，它渗透了标志、招贴画、书籍设计、包装、CI设计、计算机图形、服饰设计、摄影、印染纹饰、书法及书艺、绘画、雕塑、装置、环境艺术等这个庞大的新家族；其表现语言是丰富的，包括表象装饰、意向构成、异形同构、"美术字"、成套字体设计、书法或现代书艺、民间字体、儿童字体等。

本套设计元素丛书，以独特的视角审视字体设计，并对字体创意元素做了全面、全新的解读。书中运用现代平面设计理念总结归纳了字体创意的新方法，从造型表现到实际运用，从视觉语汇到内涵、情感的挖掘，力求图文并茂，循序渐进，深入浅出，希望能给广大设计爱好者启发与参考。

第一章 字体形态的历史演变

研究字体图形脱离不了分析字体形态的起源与发展，这些历史知识能帮助我们了解字体文化的博大精深，为我们日后的设计提供了宝贵的创作资源。

历史学家把农业经济的开始作为文明的开端来看待。大约在公元前七八千年，两河流域农业经济的开始发展使人们原本流动的居住方式改变为定居，交流的增加直接促进了文字的产生。因此，文字在早期的农业经济中心被创造了出来。（图1-1）

图1-1
与文字起源有关的图画符号

第一节 字体的原始形态

根据时间推断与考古的发现，人类文字的起源存在着三种最基本的形态：5500多年前苏美尔人的楔形文字，5000多年前埃及人的象形文字，以及3000多年前中国人的象形、会意和形声文字体系。

一、苏美尔人的楔形文字

据专家研究，楔形文字的前身是公元前4000年后期，苏美尔人在新石器时代流行的西亚尼丸记事法的基础上创造的图画式文字。公元前3000年左右，他们又将这种图画式的文字发展为真正的楔形文字。它是用芦苇秆或木棒削成的"笔"在用黏土捏成的泥板上刻写的文字。由于书写时笔画按压的痕迹较深，抽出时痕迹较细，导致文字的笔道像木楔，故称之为"楔形文字"，它是真正现代意义上抽象符号的文字。（图1-2）

二、古埃及的象形文字

在阿拜多斯发掘的一批刻有各种符号的陶器被专家认为是公元前4000年左右的器物。那些陶器上的刻符所在位置、形状和大小都很有规律，显然不是随意刻画的，含有一定的意义。因此，有学者认为这些陶器上的符号就是古埃及文字的发轫。古埃及从最初的图画符

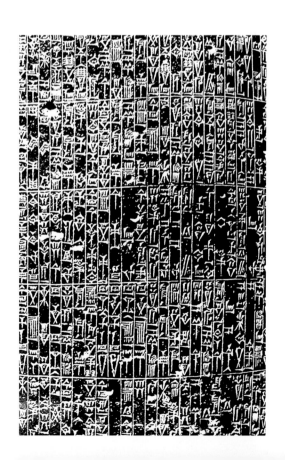

图1-2
苏美尔人的楔形文字（汉穆拉比法典碑）

号演变成象形文字体系，经历了 3000 多年。现有的古埃及象形文字的绝大多数符号，取自尼罗河流域的动植物形象，其数量、结构和形体十分复杂，通常的书写材料有木头、石头、皮革、陶片、纸莎草纸等。它记载和保存了大量的古埃及文化遗产，促进了古埃及社会的发展，对世界文化的发展作出了贡献。（图 1-3）

三、中国远古的甲骨文

中国是世界上文明发源最早的国家之一。上个世纪 50 年代以来，中国出土了少量刻、划、绘或写在原始社会时期遗物上的各种符号以及被有些学者认为是夏代文字的一些符号。但这些资料被认为还不足以解决文字起源问题。直到 1899 年在河南省安阳县发现的龟甲和兽骨上面的象形文字，才被认为是我国目前能考证的真正意义上最早的文字。甲骨文是商代用于记载当时占卜吉凶的卜文，距今已有 3000 多年的历史，这些刻在龟甲和兽骨上的古文字几经磨砺与演变，成为古文字系中仅存的一种使用至今的表意文字。（图 1-5）

四、拉丁字母形成的历史必然

人类文字起源的三种基本形态，即苏美尔人的楔形文字、埃及人的象形文字、中国人的象形文字体系，它们的共同特点在于有一个单字本身构造的特点，每个字自成体系，本身有完整的架构，类似图画，或者象征图案。但它们都有令人难以掌握的弊端，大大地阻碍了文化的发展。因此，需要一种新的文字体系，能够从根本上改变象形文字的弊端。这就促成了拉丁字母的形成。

腓尼基字母是在公元前 1600 年前由以商贸著称的腓尼基人在埃及象形文字的基础上发展创造出来的一套拼音字母体系，当时只有 23 个字母。公元前 1000 年，希腊人采纳了腓尼基人的字母方式，对其进行修改，并增加了 5 个字母，使字母达到 28 个。直到公元 1 世纪，罗马字母继承了希腊字母，并把它完善删改成具有 26 个字母的拉丁字母体系。（图 1-4）

■ 图 1-3

（门无车马声）（户封林泉美）

图 1-4

图 1-5
中国远古
的甲骨文 ■

第二节 字体形态的规范化进程

一、汉字的规范与完善过程

汉字形态的规范化进程，其实就是汉字漫长的由繁至简的演变过程，这一过程一直延续到了今天。我国的字体设计可谓是历史悠久，发展脉络清晰，在经历了大篆、小篆、古隶、今隶、真书、古代印刷字体等的演变发展到现代的简体字设计。

继甲骨文以后，铸在青铜器上的铭文与甲骨文合称甲金文。这两种都是由图画演变而来的符号文字。（图1-6、图1-12）

周代的石鼓文、古文统称为大篆。其字形笔画比早期的甲骨文显得更均匀柔和，线条更简练生动了。字形结构也更趋向整齐，奠定了方块字的基础。

秦代的小篆是大篆的简化，它的线条化和规范化达到了完善的程度，几乎脱离了图画文字，成为整齐和谐美观的方块字体，但它也有书写复杂的缺点。（图1-13）

至汉代，隶书发展到了成熟的阶段，汉字的易读性

和书写速度都大大提高了。它把小篆粗细相等的均匀线条变成平直有棱角的笔画，这样可以加快书写速度。同时它放弃了小篆随实物画出来的象形文字的形体，使得在秦代以前象形兼表义的文字转变为表义兼表音的文字，这是汉字形体开始定型的标志。（图1-14）

印刷术发明以后，产生了一种横细竖粗、醒目易读的印刷字体。还在北宋时期，雕版印书通行的结构是方正匀称的宋体，到明代演变为字形方正的明体，直到今天，汉字还在不断规范与完善，同时还出现了许多具有装饰性的字体，这就是我们的祖先早在3000多年前创造的创意字体。例如龙书、上方大篆、剪刀篆等。（图1-7至图1-11）此外，还有一些在民间广为流传和应用的创意字体，例如"福""寿"等。这些字体形态优美、姿态百变，不仅给我们留下了宝贵的艺术遗产，也为我们的设计创作提供了不可多得的素材。（图1-15至图1-18）

图1-6
青铜铭文
图1-7
龙书
图1-8
上方大篆

图1-9
剪刀篆
图1-10
垂云篆
图1-11
义篆

图 1-12
金文（中国商代）

图 1-16
民间鸟字

图 1-13
小篆

图 1-17
剪纸生肖

图 1-14
隶书（中国汉代）

图 1-15
瓦当（家）

图 1-18
日本字图案

二、拉丁字母的规范与完善过程

古罗马人在公元1世纪继承和发展了希腊文明，并将希腊字母改造为拉丁字母体系。拉丁字母体系的建立，标志着字体设计日趋完善，因而在字体发展历史上具有重大的历史意义和现实意义。罗马字母时代开启了把每个字母当作一个单独形式来设计的先例，字母笔画内部的疏密关系和字母与字母之间的疏密关系都经过认真的设计。一篇文章变成疏密均匀的一系列几何图形的连续排列，使整篇文章具有一个完整的视觉面貌。风格典雅的罗马大写体可以说是古典字体设计风格的代表。它的特征是字脚有装饰的短线，字母的宽窄比例匀称美观、严正典雅，充满了优美的节奏感和完美无瑕的整体感。（图1-19）文艺复兴时期的艺术家们称赞它是理想的古典形式。罗马字体设计另一个重要阶段是小写字母的形成。公元8世纪法国创造的卡罗林小写体，字形被简化，书写起来比过去更快，又便于阅读，它作为当时最美观实用的字体，对欧洲的文字发展起了决定性的影响。（图1-20）

在此后的漫长历史进程中，伴随着不同时期的文化艺术风格和经济的发展，各种不同风格的字体先后涌现。公元13世纪出现的哥特字体就是受当时耸立、向上的哥特式建筑风格影响，小写字母的线条向中间聚拢成并列的直线，到处折裂成尖角，字体行距缩小，整页的文字好像一张灰色的地毯。当时的僧侣在抄写圣经时又把哥特体加上了繁琐的装饰纹样，这种装饰味极强的字体使得书写和阅读都很不方便。（图1-21）

15世纪中叶德国人谷腾堡发明了铅活字印刷，从此开创了拉丁字母的新风格。文艺复兴时期古罗马大写体和卡罗林小写体都得到了不断的改造和完善，同时还产生了斜体字母，这是由于快速书写而自然形成的，并加入了盘旋飞舞的装饰线条。到了16世纪上半叶，字体设计家们为了提高字母的艺术质量，利用科学的计算方法对拉丁字母进行了全面的归纳，使之高度理性化，从而也使字体设计及其艺术更加成熟。

16世纪到18世纪豪华繁琐的巴洛克艺术风格对拉丁字母有明显的影响。字母上添加了许多繁华的装饰纹样。（图1-22）巴洛克字体最有代表性的是卡斯龙体，它的笔画粗细线条对比强烈、明朗舒畅，是文艺复兴后古典主义之前的过渡字体。

18世纪后半叶至19世纪中的西方工业革命时期，印刷术得到了飞速发展，字体设计也呈现出多样化的格局，各种符合时代特征的流行字体大量产生。如古典主义字体的登峰造极。它在字形上反对巴洛克和洛可可繁琐的装饰纹样，强调粗细线条的强烈对比，圆弧形的字脚被工整笔直的线条代替，朴素、冷静又不失机灵，在易读性与和谐上达到了更高的标准，因此今天仍被重视和广泛地应用着。（图1-23）19世纪西方字体设计最重要的发展就是出现了以格洛特斯克为先驱的无字脚体，也叫无饰线体，这种字体抛弃了字脚，只剩下字母的骨骼，十分朴实、简单明了，其传达功能更强。

LMNO
PQRS
TVX

图 1-19
罗马大写字母

adimpleretur quod dictum ē peresaiapr

图 1-20
卡罗林小写体

Eine deutsche Schrift von
Rudolf Koch - geschnitten
und herausgegeben von
Gebr. Klingspor
Offenbach
a. M.

图 1-21
哥特字体

图 1-22
巴洛克字体

XYZ XYZ
xyz xyz

图 1-23
古典主义字体——波多尼体

图 1-24
格洛特斯克体

图 1-25

图 1-26

（图1-24）除此之外，字体设计家们试图改造所有的现存字体和创造新的字体系列。立体字、五花八门的装饰字体层出不穷。

第三节　多元纷杂的现代字体设计

一、现代汉字设计的审美多元化

现代的中国字体设计，由于政治、经济、文化的多种原因，人们在一段时间里对字体设计的认识和理解一直处于较为模糊的状态，认为字体设计就是对字形进行笔画上的装饰变形或美化，而对字体设计的应用功效也缺乏整体的研究与构思。

20世纪在现代设计观念的指导下，依托现代社会高度发展的科学技术和多元化的时代精神，中国字体设计从内容到形式都呈现出崭新的面貌。汉字的构成形式决定了它是一种有巨大生命力和感染力的设计元素，有着其他设计元素、设计方式所不可替代的效应。在现代迅猛发展的社会文化形态、经济活动方式、科学技术条件、大众传播媒介的推动下，现代汉字艺术设计从世界各国吸取精华，并将之融合到强烈的民族个性之中，凭借其独特的表情获得强烈的视觉感染力。作为高度符号、色彩的视觉元素，汉字越来越成为一种有效的信息传达手段。

设计师们开始用现代平面设计理念来重新审视字体设计，并将字体设计作为视觉传达设计中最基础、最重要的设计手段之一。今天的字体设计概念已冲破了原先只对文字进行个体形象美化的局限，其内涵趋于清晰、全面。其具体表现为：以信息传播为主要功能，将视觉要素的构成作为主要形式手段，具有鲜明的视觉个性识别的形象。（图1-25、图1-26）

二、现代外文字体设计的审美多元化

19世纪末20世纪初的西方字体设计发生了许多重大的发展和变化。在工艺美术运动和新艺术运动的影响下，字体设计在风格上形成了强调装饰性的特点。最具特色的新艺术主义字体是德国的"艾克曼体"。（图1-27）它结合了新潮派的生命力主题和德国传统黑体字的特点，表现了中世纪字母书写的特点。这种颇具特色的表现性字体由于风格太过奔放而导致识别性较低，最终被后人抛弃。20年代在德国、俄国和荷兰等国家兴起的现代主义设计浪潮，提出了新字体设计的口号，表现出对无饰线体的推崇和运用的特点。新字体的基本原则被认为应当是由功能需求来决定其形式，字体设计的目的为传播，而传播必须以最简洁、最精练、最有渗透力的形式进行。俄国构成主义设计家们主张字体要直接表现内容，提倡简朴、无线脚的国际主义字体。

现代字体设计还强调字体与几何装饰要素的组合编排。装饰艺术的字体设计与新艺术的设计思想非常接近，特别是后期的装饰艺术流派中有许多设计家吸收了

新艺术和现代主义的一些技巧,运用几何硬边的线形处理字体的装饰细节,在风格上独具一格。(图1-28)

20世纪六七十年代,"年轻文化"的出现、电视业的迅速发展以及字体技术的改革使这个10年重塑了字体设计的性质。这10年中,科学的、社会的和政治的各种变革催生了字体设计的创新。80年代以来由于电脑技术的不断完善,字体设计出现了许多新的表现形式。进入20世纪末,数字革命所带来的机遇、问题和挑战为字体设计创造了一个富有强大创造性的时代。在信息传递过程中,字体设计渐渐变为无形,创造一个内在的力矩,一种超越了人工产物、文档或者标记的纯粹形态体验,取而代之的是"信息"。它的重点已转移至展开对"虚拟现实"和信息传递的探索,而自我意识的深层发掘也因此备受关注。(图1-29)

图 I-28

图 I-27

图 I-29

第二章　字体设计基础

第一节　字体设计基本要素

一、现代字体设计的概念

　　文字是人类生产与社会实践的产物，而字体设计伴随着文字的产生而产生，并随着人类文明的发展而逐渐成熟。现代字体设计的内涵更加全面与复杂，它不再只是对字形进行笔画上简单的变形与装饰，而是指运用创新的思维和方法，以及视觉要素的设计法则，用现代设计理念来探索文字的个体或组合形态，了解与之相关联的载体环境等诸多应用特性，在特定的空间上设计出满足实用需要、符合视觉审美或者是表现自我意识的文字形态。

二、功能要素

　　1. 传递信息：人类发明文字符号的初衷便是为了传播信息。所以字体设计功能中最基本的就是信息的传播。人们通过各种视觉形态的文字形式领略文字所表达的意义，以获取信息。

　　2. 视觉审美：文字在视觉传达中，作为画面的形象要素之一，具有传达感情的功能，因而，它必须具有视觉上的美感。人们对于作用于视觉感官的事物以美丑来衡量，已是属于下意识的标准。满足人们的审美需求和提高美的品位就是每一位设计师的责任。当然，随着时代的进步，设计师对审美的不同理解也令字体设计呈现出多元化的趋势。（图2-1、图2-2）

　　3. 文化传承：汉字的创造来自远古，它作为汉语的文字符号，记载着华夏文明，是中华文化坚实的载体。汉字对中华文化的记录具有独一性、准确性和稳定性，这是无可争议的。书法艺术的独特魅力以及一些具有代表性的汉字图案的应用，在我们今天看来已是固定的文化符号，蕴涵着深刻的中华民俗文化意义。（图2-3、图2-4）

图2-1

图2-2

图2-3

三、审美要素

1. 识别性：文字存在的基本功能就是它的识别性。事实上，我们可以从文字形态的历史发展过程看出，字体的历史从某种程度上就是增强字体识别性的历史。小篆是大篆的规范，改变了战国时期文字不统一的局面，使大家都能认知汉字。而隶书更是将汉字从根本上脱离了象形文字的束缚，提高了书写文字和认知文字的速度和效率。如今，字体设计的内涵虽然有了许多新的延伸，但在以传递信息为目的的视觉传达设计中，字体的可识别性是不能抛弃的，它将作为我们设计字体不变的基本准则。

2. 形式意味：是指在字体设计中所涉及的视觉传达与形式美感的情趣、情调和趣味。是通过追求字体的个性与形式美感，从而提升作品的趣味性和影响力，更好地为信息传播功能服务。这种形式语言要求是独特的、极富个性特征的。从图形的角度分析，文字就是横、竖、点和圆弧等笔形组合的形态。设计师需要在充分考虑内容诸要素之后，对所呈现的一种特有的个性化视觉形式进行思考，借助对形式表现无尽的探索，赋予文字"内容"更新更深刻的内涵，从而创造一种视觉形式的惊奇。当然，字体的千变万化呈现为形式的变化，"有意味的字体形式"应该理解为文字内容与表现形式的一种深层的统一，即形式的内容。（图2-5）

3. 表现性：数字信息时代的字体设计在信息传递的过程中渐渐变为无形，"信息"创造了一个内在的力矩，一种超越了人工产物、文档或者标记的纯粹形态体验。因此，设计师关注的重点不应只局限在字体形式和美学上的种种问题，而应该从简单的装饰性渐渐转移至它所表达的深刻内涵。当然装饰性仍有实用的一面，但不再是重点。在这个多变的时代中，字体是一个概念性的事物，无论是金属铸字还是木刻字母，都通过变化多端的形式来表达其中的含义。字体元素在视觉传达设计中的表现力常常被视为作品的重头戏，同时它还是表现设计者自我意识的重要手段之一。（图2-6）

四、分类与形态分析

1. 汉字的设计分类及造型分析：根据字体的形态特征与输出方式，汉字设计可分为标准字体和书写字体两种形式。

（1）标准字体：在汉字体系中，标准字体是在现代的设计领域中应用最广泛的基本字体。这些字体结构严谨，笔画单纯，强调的是视觉上的适用性与标准性，已被视为字体运用的标准种类。根据其笔画特征，标准字体大致可分为：宋体、黑体、圆黑体。

宋体的形态特征是字形正方，横细竖粗，横画和竖画接折处吸收了楷书用笔的特点：都会形成顿角。点、撇、捺、挑、勾与竖画的粗细基本相等，其尖峰短而有力。宋体是印刷字体中历史最长、应用最广的一种。黑体具有与宋体相反的形态，横、竖笔画粗细一致，方头方尾，点、撇、捺、挑、勾也都是方头的。

图 2-4

图 2-5

图 2-6

圆黑体是由黑体演变而来的，它的特征是与黑体的笔画粗细一致，但把黑体的方头方角改成了圆头圆角，在结构上笔画向四周伸展，间架向外扩张，比黑体更显得饱满充实，显得字形稍大。（图2-7）

这些字体一般被应用于一些正规的文本印刷输出，它以形式的丰富和电脑输出方便快捷等特点成为设计师们最常用的设计手段。近年来，由于设计市场的需要，设计师们在这些基本的字体形式基础上改进设计了成百上千种的新变体，出现了多种风格的字库，这样大大拓宽了字体的风格与应用范围。（图2-8）

（2）书写字体：标准字体是高度规范化的字体，而书写字体则是指根据自己的意念，使用各种书写工具创作的自由字体。较为典型的书写字体有书法表现字体。书法字体是书法艺术的表现形式，借助于汉字的笔画，运用丰富的笔墨变化，抒发寄托书写者内心的艺术理解与思想感悟。字体的表现形式是自由无拘无束的，书法表现字体是借助书法的某种表现形式，但它强调的还是文字的传播功能，因而，具有对应用事物的从属性和局限性。在现代字体设计的潮流中，自由、轻松、"原汁原味"的自由书写体越来越受到广大设计师的青睐，它们被广泛应用于各种形式的设计中。（图2-9至图2-11）

2. 拉丁字母的设计分类：根据拉丁字母的造型特征，可以把它分为饰线字体、无饰线字体和自由变化体。

（1）饰线字体：是指在字母笔画的一端有短线作为装饰。装饰线与字脚相接处的弧度根据其字体的不同形态而有所区别。

（2）无饰线字体：无饰线字体就如汉字中的黑体。它在拉丁字母中形体最简单，线条粗细一致，字脚没有装饰短线。

（3）自由变化体：是根据拉丁字母的形式结构，进行自由变化的创意字体，常用的创作方法是利用现有的电脑字体进行再创意。（图2-12）

创艺简标宋　　方正彩云简体
创艺简粗黑　　方正粗倩简体
创艺简仿宋　　方正水柱简体

华康简标题宋　　文鼎长美黑体
华康简楷体　　文鼎齿轮体
华康简魏碑　　文鼎扭扭体

图 2-8

图 2-9

图 2-IO

图 2-7

宋 黑

圆

图 2-II

图 2-12

第二节 字体元素的视觉个性

文字作为视觉识别特征的符号系统,具有千姿百态的形体,不同字体造型具有不同的独立品格,给予人不同的视觉感受和比较直接的视觉诉求力。因此,我们必须了解各种字体的表情和视觉个性,以便在接下来的设计实践中能够根据不同的设计主题与内容,合理运用不同风格的字体。

1. 汉字的表情:

黑体笔画粗直笔挺,字态庄重、纯净,给人以现代、稳重、醒目、静止的视觉感受。(图2-13)

宋体字方正匀称,气度典雅、气韵舒展,庄重平和,风姿秀雅、文质彬彬。(图2-14)

魏碑体原是中国书法的一种字体,间架均匀,笔画刚健坚挺,字形方整。(图2-15)

楷体是最规范的常用字体,它结构严谨,字势流畅平和,富有韵味,笔画轻灵端庄,给人以目注神驰之感。(图2-16)

圆体笔画转折处呈圆形,圆转流畅,方圆互成,字态柔韧纯净,温文敦厚。(图2-17)

综艺体字体下角呈圆形, 坚猛雄健。(图2-18)

琥珀体字形圆劲,结构笔画相压,浑厚亲切,别具一格。(图2-19)

隶书体字形平整,洒脱灵活,它以古朴厚实的风韵、和平简静的气质,赢得了人们的喜爱。(图2-20)

倩体行笔随意,字体敦厚活泼。整个字形给人以丰厚浓艳的感觉。(图2-21)

广告体行笔自然洒脱,字态显得华丽跳跃,活泼自然。(图2-22)

图 2-13

图 2-14

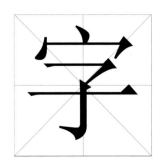

 图 2-15

图 2-19

 图 2-16

图 2-20

 图 2-17

图 2-21

 图 2-18

图 2-22

2. 拉丁字母的表情：

饰线字体字势稳健，工整大方，气质古典，是视觉效果最协调的一种字系。其中的老罗马体笔画线条对比较弱，圆形字母的轴线略有倾斜，字脚与饰线呈圆弧形。整体字态工整精致，调子明快畅亮，视觉效果柔和、美观并有较强的装饰性和易读性。

巴洛克字体加强了笔画的粗细对比，明朗舒畅。

现代罗马体线条对比强烈，字脚与饰线呈直线形，风格朴素冷严。（图2-23）

加强字脚体的饰线被加粗，线条笔画粗细一致，视觉醒目，风格粗犷有力。（图2-24）

无饰线体字形干净利落，朴素、端正，有较强的现代感。（图2-25）

图 2-25

图 2-23

第三节　字体的绘写与技巧

一、汉字标准体的绘写与视觉规律

1. 绘写方法

虽然我们现在可以十分方便地利用电脑输出所需的各种标准字体，但是字体的创作最终还需从手稿开始，所以掌握字体手绘技巧是每一位合格的设计师必须具备的基本功。

我们在书写前应准备好纸张、铅笔、橡皮、尺（三角板、曲线板）、直线笔、毛笔、广告颜料等主要工具。

书写的步骤：构思、打格、布局、起稿、着色、修整。（图2-26）在绘写宋体字的笔画时，应注意相同笔形的角度要保持基本一致，这样会显得更加严谨美观。黑体字的笔画是横、竖粗细相等的，但由于黑体的笔画较粗，在绘写时应稍稍收缩笔形厚度，使其笔形两头略宽于中间部位。这样黑体看起来就不那么笨拙了。圆黑体的笔画粗细也是相同的，但由于它的笔画都很细，在绘写时保持笔形的一致性，笔形起始端的圆弧度应是相同的。

图 2-24

图 2-26

2. 视错觉与绘写技巧

视错觉是人们日常生活中非常广泛地存在着的一种心理现象。它具有某种固定倾向。我们普遍都有过这样的视觉经验：身体肥胖的人穿上竖线条款式的服装会显得苗条一些；一幅方形的装饰画，如果四边完全相等的话，它看上去像是一个竖高一些的长方形，只有让它竖边略短于横边，看起来才像是正方形。

汉字具有独特的笔画形态、造型结构和审美意识。在汉字体设计过程中，视错觉的现象也在影响着我们的视觉审美。为了使字体看上去更加协调、完美，符合人们审美心理的需要，可以从以下几方面的技巧着手。

（1）视觉中心的调整：由于人在平面空间中的视觉中心比在几何中心略高，因此文字的上半部分应尽量紧凑，下半部分则可以舒畅些。这样字体才不会头重脚轻。绘写时，可以通过标出中心轴线的方法来统一组字的重心。

（2）空间布局的调整：①横细竖粗：汉字是方形字且横画多于竖画。同样粗细的一条横线和一条竖线，横线看上去比竖线要粗一点，因此，为了使字体的空间布局合理，写字时横画略紧，竖画宜松；对同样宽度的横画和竖画，应考虑横画要略细于竖画。

②先主后次：在汉字中，一般以横、竖笔画为主心轴，而点、撇、捺、挑、勾、角等为副笔画；以偏旁部首为宾体，其他部分为主体。主要笔画在整个空间比例中要占位大些，而次要部分占位要小些，这样写出来的字才会既稳又美。

③穿插呼应：汉字的组合较为复杂，是由偏旁、部首和笔画组合而成，除单字外，主要有上下、左右、内外三种组合方式。在组字中，要考虑这些结构形式，单字的结构简单，但要控制它的视觉适宜度还有些难度。如方形的"天"、三角形的"土"、菱形的"个"等，应把"天"缩小些，"个"放大些。以横笔画为主的字，如"王、真、童、置"等，上下要压缩些，左右要略出格一点；以竖笔画为主的字，如"州、删"等则相反。笔画多、结构复杂的字，笔画应略紧缩，笔画少的单字结构，应略放大一点，这样才能平衡字体各个空间上的视觉一致性，使笔画之间、字与字之间的气韵连接、穿插、呼应，使每个字变得灵活而又严密。

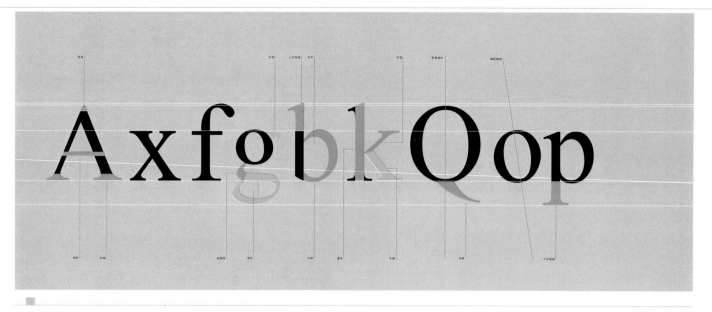

图 2-27

二、拉丁字母标准体的绘写与视觉规律

1. 字符分析：拉丁字母是由圆弧线和直线组成的几何形结构。按照字母的基本构造，可分为四类：（1）圆形字母，包括 O、C、D、G、Q；（2）对称字母，包括 H、A、N、M、T、U、V、Y、X、W、Z；（3）不对称字母，包括 E、F、B、L、P、R、S；（4）特殊字母，包括 K、I、J。通过对字母造型结构的分类和了解，能够更好地掌握拉丁字母的书写。（图 2-27）

基线：也就是水平线，所有字母都排在此线上。

X 高度：与小写字母 "x" 的高度相等，是字体主体的高度。小写字母 "x" 被视为衡量所有字母高度的标准。

上升高度：指大小写字母字体高于 x 高度的部分。

下沉高度：指小写字母字体低于 x 高度的部分。

顶角：两个笔画相交处的最外点，例如字母 A 或者 M 的顶部。

字碗：椭圆形的笔画，包括其中的 "字币"，例如字母 b、p 或者 o。

字耳：一种略微突出的笔画，附着于字母 g 的 "字碗" 或者字母 r 的主干。

字尾：基线上的短笔画，例如字母 R 和 K。

字腿：向下的斜笔画，例如 R 和 K，也可称为 "尾部"。

字臂：向水平方向或者向上突出的笔画，它不在某个字符的内部，例如字母 b、d 或者 k。

字环：字母 g 中低于基线的全封闭部分。

连接线：连接 g "字碗" 和 "字环" 的笔画。

中心轴线：字母粗细笔画之间的关系所引发的倾斜度，大小写字符存在着倾斜轴线或者垂直轴线。

2. 视错觉与书写技巧：（1）同汉字的书写一样，拉丁字母书写时也应将视觉中心向上调整。例如字母 E、F、B、H、S、K、X 的中心都应放在绝对中心之上，这样字母看上去更舒服更挺拔了。另外，罗马体的 A、V 两条斜线粗细对比较大，组成一个角度容易产生向下倾斜的感觉，这时，应该把细线倾斜度略加大一点，重心就更稳定了。

（2）方形字母 M、N、H、E 等，圆形字母 O、C、G 等和三角形字母 A、L、V 等，这些字母的大小在视觉上是不同的。当它们排列在一起时，方形字母会显得最大，圆形字母次之，三角形字母最小。在绘写时让圆形字母上下两端和三角形字母上端略高于方形字母，这样视觉上就不会大小不同、高低不平了。

（3）为了让拉丁字母的笔画达到视觉上的统一，在处理无饰线体和加强饰线体的时候，斜线应减细一点，横线要更细一点。同样的竖线，短线应减细一点。此外，斜线交叉处，笔画应向内收细一点。

第三章 字体图像创意法

"字"本身即隐含着"图像"。文字独特的造型图式为它的创意空间提供了无限可能的艺术灵感。在国外设计手法的影响下,字体的创意设计成为一种更为视觉化的形式处理、更具视觉张力的表现方式、更有媒介功能的信息传达。视觉表现的复杂化、空间感和效应重复的急速倍增,加之计算机技术与现代传播方式的影响,使字体似乎处于一个"看图说话"的形式氛围,并散发着不可估量的视觉能量。本章从字体图像创意的各个层面总结归纳了其创作的典型方法与表现技巧。

第一节　字体图形化设计

字体图形化设计是指将文字本身的造型作为吸引观者注意力的手段,加强文字视觉传达效果,使文字图形化。字体图形化创意不仅设计方法多种多样,它的表现形式也是千变万化的,可以运用平面图形的创意原理来进行,如通过装饰、解构等方式对字形进行再创造。设计时在保持文字一定的识别性的前提下,仔细品味与挖掘属于每个字潜在的视觉张力,以字体的形体、语义作为创意源,创造出有生命力、有个性品位的视觉形体语言。

一、字形图形

字形图形是以字体的形体结构为基础,寻求其笔画在平面视觉上表现力的一种创意方法,是对字体形态的纯粹表现。字形图形的创意主要是在文字笔画的外在形体上做文章。设计时,可以在保持字形笔画与结构的基本特征的基础上做任意的视觉变化。单个字体的外在形体变化,其独立的表现性是重点,组字的变化应把握住字体变化宏观与微观的整体感。宏观的整体感指的是组字整体外形所呈现出的视觉表现力;微观的整体感则是指单个字体间变化的连续性、相关性与统一性,使整

组字视觉鲜明,个性突出。尽管字形图形有千变万化的视觉效果,但它的创意方法也是有据可循的。下面介绍一些比较典型的创意表现方法:

1. 创意方法
（1）字体外形的重塑（图3-1）

a. 以标准字体为原型将字体放大或缩小、压缩或拉伸、倾斜或旋转、扭曲等。

b. 组字的适形排列。

图3-1

（2）字体结构的改造

a. 将字体的部分结构进行夸张或紧缩、删减，使之更具形式感，但又能保持字体的辨认度。（图3-2至图3-5）

b. 把字体结构进行几何化处理。几何化的字体图形造型干净、颇具现代主义的简约时尚风格，很适合科技类的设计主题。（图3-6至图3-11）

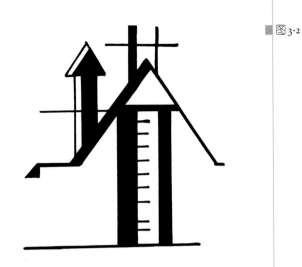

图3-2

图3-3

图3-6

图3-7

图3-4

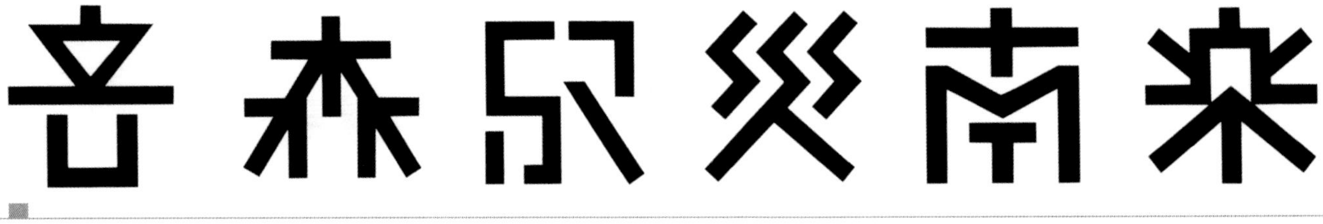

图3-5

图3-8

c. 改变字体结构的位置，组字设计应注意字体整体变化的内在规律。（图3-12）

图3-9

图3-12

图3-10

（3）字体笔画的变换

a. 可以将字体部分笔画进行粗细、拉伸、压缩、变形、重叠等处理，创造字体的形式感。群组的字体要根据笔画走向来变形，要保持字体整体的协调美。（图3-13 至图3-16）

图3-11

图3-13

图3-14

图3-15

图3-16

b. 笔画的连用与共用，这种创意方法讲究笔画与笔画的有机连接。设计时应根据字体笔画的位置、形态、走向等特点，打破原有文字结构，选择易连接部位或可共用的笔画巧妙地连接在一起，同时辅以局部笔画的夸张，使之产生均衡与对称、对比统一、充满韵律美感的字体。(图 3-17 至图 3-19)

图 3-17

图 3-18

图 3-19

（4）字形抽象组合

把文字归纳成抽象符号进行有机的组合，构成一种传达理性的、逻辑严谨的冷静信息。（图3-20、图3-21）

图3-20

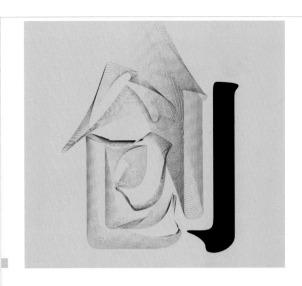

图3-24

图3-21

（2）添加装饰：为了塑造单字或组字的整体视觉氛围，可以根据字体的外形结构造型特征加入装饰图形。典型的表现技巧有两种：第一，添加背景。在字体笔画以外的背景部分添加线条、色块、肌理，衬托出字形或笔画的特征，以形成一种符合视觉审美的形式气氛。第二，添加笔画装饰。在保持文字笔画、结构基本形态的前提下，在文字笔画图形上或笔画内外增加各种简练的图形作为装饰。这类表现手法要注意字形整体黑、白、灰的关系，颜色的对比与调和关系的处理。（图3-25至图3-29）

2. 表现技巧：为了使我们设计的图形更有视觉个性，只要在图形的表现手法上动一些脑筋，就能带来风格各异的视觉感受。

（1）点、线、面的集成：用点、线等抽象元素来构成文字，在此基础上还可以借助平面视幻图形，用点、线、面图形激发字体内涵的表达。字形还可以兼做空间及线框、点化、截断等多手法整合处理，创造设计新语言。（图3-22至图3-24）

图3-25

图3-22

图3-23

图3-26

图 3-27

图 3-31

图 3-28

图 3-32

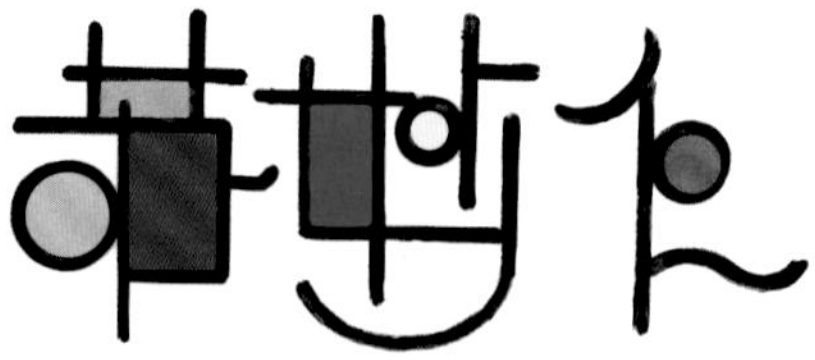

图 3-29

（3）正负形的处理。图底转换是处理正负形的主要手段。可以将字体与字体、字体与图形用图底的关系来表现，传达出另一种视觉效果。此外还可以将字体或笔画堆叠在一起，让重叠的局部做反白或相异的处理，再加以色彩的对比运用，得到一种新的视觉语言。设计时要注意找出图底的平衡关系，在组字中要打破我们习惯的思维模式，以加强图底构成的巧妙性和趣味性为主旨。（图 3-30 至图 3-34 ）

图 3-33

图 3-30

图 3-34

（4）打散构成。以剪、截取的形式对文字进行打散构成，制造文字局部或整体的位移。剪切的方向可以是任意的角度，剪切方式可以是有规律的也可以是自由无序的。截断的形体构成时进行位置的移动和相应的变化，可以是等距离、等比例的变化，无距离、比例不均的变化，也可以将局部重叠变化。将几种方法结合使用，可创造出新颖、富于变化的字体风格。（图 3-35、图 3-36）

（5）拓扑成像。拓扑学是19世纪发展起来的一个几何学分支，它所研究的图形经过拓扑变换仍然不变的性质的思想，已经被用来解释造型艺术中图形变化的科学原理。拓扑学的主要原理是"拓扑变换"原理。拓扑数理对于字体的立像造型，可以提供以下简单实际的设计方法：用等分格和比等分格，将某一图像原型变换为一个新的图形，还可以把字体用做图形单元，在一个平面范围内将字体自由地排放。设计时，可将字体单元图形做局部笔画的特写与裁切；排放方式可以是有序或无序的。表现手法可以通过黑白图底、正负形以及色彩的对比的方式综合体现，其随机性的偶然效果，将会是我们始料未及的。这也就为我们提供了一种更为奇特的艺术语言提炼方式，它将会传达一种含蓄、抽象而又带来某种确定性的语义信息。（图 3-37 至图 3-39）

图3-35

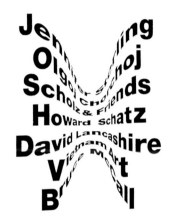

图3-37

图3-36

图3-38

图3-39

（6）字体图形的自由组合：在组字设计中，将不同样式的字体结合变化，字体之间造型各异，但共同创造一种字体风格，增加组字的变化与表现力。创作时，可将各种中英文字体、字体大小写同时穿插使用；字距位置可以自由安排，色彩处理可有一定的随意性，形成带有后现代主义的独特风格。不过，多种字体结合时还是要注意字体整体视觉效果的对比与协调。（图3-40至图3-43）

图3-40

图3-41

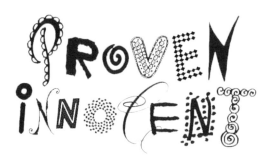

图3-42

图3-43

二、字意图形

字意图形是指以简洁的创作方法将文字的意义加以突出和加强，使视觉传播的寓意进一步强化的字体。它也是将文字的抽象性转化为具象性的有效手段。在字意图形中，文字笔画的空间或结构均要做巧妙的视觉展现，从而达到视觉传播的目的。

汉字造字法早在东汉时期我国《说文解字》里就总结出所谓的"六书"理论。六书是指象形、指事、会意、形声、假借、转注。其中象形、指事、会意、形声为真正的造字方法。汉字的字意图形就是要以汉字独特的象形、指事、会意、形声构造法为创意出发点，把握特定文字个性化的形意品格，将文字的内涵特质通过视觉化的表情传神构成自身的趣味，在内在语义与外在形式的融合中一目了然地展示其感染力。可以这样认为，字意图形渗透了现代的设计思想，它既可以通过"形似"来传达文字的语意，又可以将具体的"形"提炼成抽象的"意"，从而获得媒体功能意构传神的表达，赋予视觉表现以某种心理意义。

1. 创意方法

（1）同质同构：利用字义外形特征的相似，以另一物象及特征把创意传达出来。（图3-44至图3-53）

图3-44

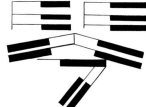

图3-45

图3-46

图 3-47

图 3-52

图 3-48

图 3-53

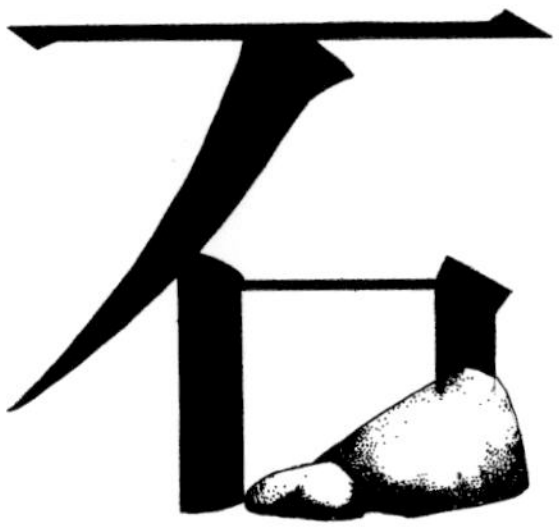

（2）异质同构：是将两种或数种物象之间外形结构相异而含义相同的图形有机结合的创意手法。（图3-54至图 3-59 ）

图 3-49

图 3-54

图 3-50

图 3-55

图 3-51

图 3-56

图 3-57

图 3-58

图 3-61

图 3-59

图 3-62

图 3-63

（3）形义同构：即把含义、形象两类同构综合起来，利用含义的相似和形式的相似进行双重构成。（图3-60至图3-67）

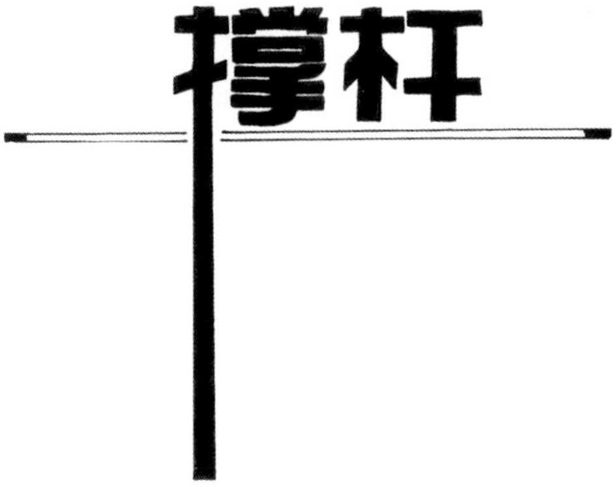

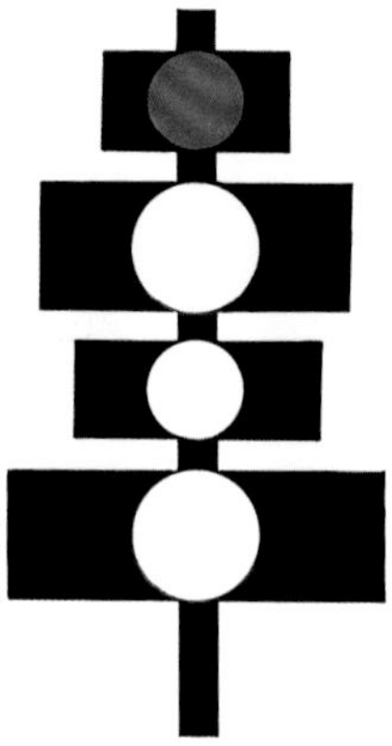

图 3-64

图 3-60

图 3-65

图 3-66

图 3-69

图 3-67

图 3-70

2. 表现技巧

（1）将图形加入文字。在文字中以局部具象的图形与笔画穿插配合或通过字体构成物形的方式来传达文字的意义，促成文字的趣味性，强化文字的视觉形象效果。加入的图形可以是写实的或抽象的，还可运用摄影、电脑特效、拼贴等方式来表现。各种图形真实与虚幻所体现的视觉差异，能创造出一种新奇独特又不乏时尚的效果。（图 3-68 至图 3-72）

图 3-71

图 3-68

图 3-72

（2）汉字、拉丁字母与图形的并用。由于汉字与拉丁字母属于两种不同的文字体系，因此必须在二者之间寻找、创造出有机的联系。从两种文字本身的含义和象征意义着手是一种行之有效的手段，再辅以简洁有意义的图形，以达到最佳的组合效果。（图3-73至图3-76）

图3-78

图3-73

Ruler

图3-74

eye眼

图3-75

S看看

Musi乐

图3-79

图3-76

NAKA 中 NISHI 西 保 YASU 志 SHI

（3）单纯以笔画竖、横、点、撇、捺、勾与部首偏旁的多与少、大与小、有无增减等及空间结构的配合进行灵活变化，通过这些直观的手法来挖掘文字的深刻含义。（图3-77至图3-79）

图3-77

外

三、字画图形

字画图形是用绘形绘意的方法来体现汉字视觉直观的"体态美"与"情态美"。创作时要发挥足够的想象力，利用各种平面构成的表现手法，充分挖掘字体造型外在与内在的表现力，使文字改变原有的矜持，尽情展现图形与文字互渗的视觉魅力。

创意方法

（1）与插图结合：将字形加以拟人化的处理，能创造出更生动、亲切、鲜活的字体形象。拟人化的方法：根据立意在字形局部加入卡通或其他形象，使字体拟人化，还可以在字形适当处加入局部的拟人形象。（图3-80至图3-92）

图3-80

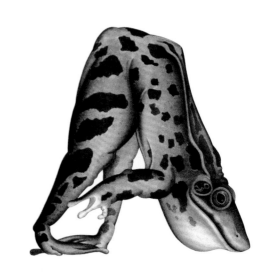

图 3-81

图 3-82

图 3-83

图 3-84

■图3-85

■图3-86

图3-91■

■图3-87

图3-92■

（2）单字的形态化：单个字画图形的创造可以借用与其字的形或意相通的图形来传达文字内涵。要充分利用字、形、意的模糊性，在似像与非像之间传情话意。（图3-93至图3-97）

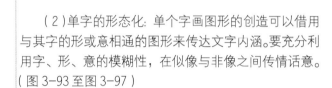

■图3-88

图3-93■

■图3-89

图3-94■

图3 95■

■图3-90

图3-96■

图3-97■

（3）组字的形态化

形态化的组字设计是把一定数量的文字组织变形成具有表现力的图形。这种创意手法不仅能获得较强的视觉冲击力，更能增强视觉的趣味性，给观者留下足够的想象空间。为了使组字的形态更生动新颖，可以将拼贴、摄影、变形、肌理等手段灵活地应用到设计中。

a. 外部形态的变化：利用字义外形特征的相似，将文字的变形体填充成具有表现力的适合图形。注意其形态应该根据文字含义或设计主题进行变化，这样才能更生动地传达内容和设计意图。（图3-98至图3-101）

b. 构成式的形态：将文字变形有机构架成有意义的图形。其构架的巧妙性是难点，富有趣味性的构成形态是创意的关键。设计时可以通过调整字体笔画结构的粗细、大小、位置来得到所需的形态。（图3-102至图3-120）

（4）文本的形态化：是指被限定在具有表现力的图形中的大量的拉丁字母或汉字所组成的文本形式。它能够形象地传递出文本的内容，从而能突出重点，增强视觉的趣味性。从人类视觉心理分析，人们阅读图形比阅

 图3-98

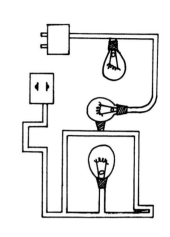

图3-102

图3-99

图3-103

图3-100

图3-104

图3-101

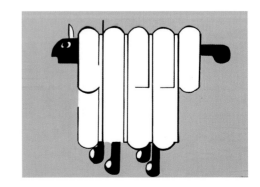

图3-105

图3-106

图3-111

图3-107

图3-112

图3-108

图3-113

图3-109

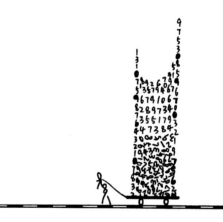

图3-114

图3-110

图3-115

图3-116

图3-117

图3-118

图3-119

图3-120

读文字的心情更轻松，图形对视觉的冲击力也更为强烈。由于人类最早使用的文字是象形文字，这种文字的本质具有标志性和图形特征，因此，将文字组成形态化的文本形式，不仅使读者感到趣味盎然，增添了对文本的记忆力，而且也改变了文本所惯用的形式，对视觉形成强烈的冲击力。

文本形态设计方法：a. 模版式的编排方式，是寻找与内容相关的图片，并将其置入，在文字编排完善后，去除图片，文字根据原来的图式形成了新的编排版式，这就是模版式的编排方法。b. 设想一个具有装饰性的物象轮廓，然后将书法的、印刷的、手绘的，以及设计的文字一起组织到物象的轮廓中，作为装饰性物象的表达内容。这种幽默、智慧、富有创造性的形式，能调动视觉气氛，引起读者的共鸣。c. 通过控制字体的粗细变化和改变字体的方式，以造成文本明暗效果，加强形象性。d. 为了使画面更生动，可以将拼贴、摄影、变形、肌理等手段灵活地应用到设计中。(图3-121 至图3-125)

图3-121

图3-122

图 3-123

图 3-124

图 3-125

熊燕飞

第二节　空间字体设计

　　字体的空间化设计在视觉传达设计中是常用的创意手法之一。我们知道在二维的视觉传达中,平面的字体元素视觉表现力有一定的局限性,而空间字体创意将以平面方式出现的字母和文字虚拟成空间立体效果,这样可以造成字体在空间上的虚幻感,加强字体的视觉吸引力与表现力。空间字体的创意手法变化多端,可以通过对字体的半立体、三维的塑造等方法来进行。在表现技巧上,首先,可以利用点、线、面的表现方式对多种立体塑造方法进行交叉使用,以寻求更多的图形式样;其次,可以运用各种材质来表现文字的视觉质感,如玻璃、金属的质感体现;再次,通过文字的拼贴、组合、重叠或背景的叠加来增加文字表面的丰富性和空间混合效果也是不错的创意方法。

一、2.5 维字体创意

　　2.5维字体也叫半立体字体,是在二维平面内模仿字体在空间环境的效果。

　　1. 浮雕效果:将背景中的文字进行浮雕化,从而使读者产生一种触摸欲望的浮雕效果。被浮雕化的文字就像刚从模具中脱落出来一样,会产生强烈的视觉吸引力。(图 3-126 至图 3-128)

图 3-126

图 3-127

图 3-128

　　2. 光影效果:物体投下的阴影会让人联想到另一个空间的存在。让想象的光源从文字的上方或前方照射下来,并描绘出"立体"文字的影子。我们发现,加入阴影的字体形态更有视觉冲击力。光线不同角度的投射能产生戏剧性的效果。(图 3-129 至图 3-132)

图 3-129

图 3-130

图 3-131

图 3-132

二、三维立体字的塑造

立体字是运用各种手段把字体造型处理成三维立体的效果。三维立体字的塑造最典型的表现方式如下：

文字物体：将平面文字设想成"文字物体"而产生的透视效果。可以将透视消失点设在一个确定位置，不同的消失点会产生不同的视觉效果。立体的文字好像能穿越画面空间，显示出特有的速度感和纵深感。（图3-133 至图3-139）

■ 图3-133

图3-137 ■

■ 图3-134

图3-138 ■

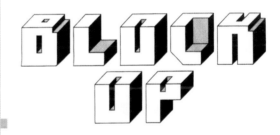

■ 图3-135

图3-139 ■

三、空间混合效果

把字体的空间维度进一步扩展，可以是三维的、四维的，以寻求字体更为广阔的表现空间。

1. 矛盾空间：把立体的文字笔画用矛盾的空间构架出来。这种现实中不存在的空间透视效果能带来独特的视觉新奇感。矛盾空间字体设计的难点在于对字体结构的把握，用字体笔画结构线来表示空间的矛盾是不错的创意手法。（图3-140、图3-141）

■ 图3-136

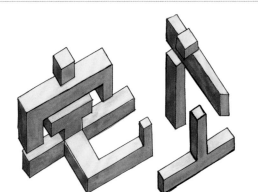

图 3-140

图 3-144

图 3-141

2. 实体字: 可以将字体制作成立体形态, 通过摄影以表现出立体形态丰富的空间光影效果。不同材质的实体字能表现出各种不同的风格。(图3-142至图3-146)

图 3-142

图 3-145

图 3-143

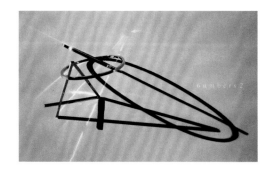

图 3-146

第三节 手绘创意字体设计

大量电子科技式的文字难免会带给人们冷漠、机械、理性的视觉感受。而手绘形式的字体却能唤起丰富的视觉人情味，加强设计与人之间的亲和力，达到赏心悦目、轻松怡人的效果。极富"人情味"的手绘字体应体现个性化、亲和力、大众化、情感化的视觉形式，追求一种返璞归真的审美境界。在日益数字化的设计环境中，它将成为字体创意设计强而有效的手段。

我们可以通过以下四种创意和表现方法来进行设计：

1. 尝试用不同的书写媒体——粉笔、蜡笔、软铅笔、毛笔、墨水、颜料或具有手绘功能的电脑软件（Photoshop、Core1DRAW、PAINT）等来进行设计；

2. 用笔时体验书写字体的轻重压力，并不断地提高书写难度，用以提高对手写字体的视觉判断力；

3. 分析整体与局部的比例关系，研究文字与字母的方向和内在的指向性，以提高对整个文字体系的视觉认识，触发和引起对字体意义的视觉联想；

4. 将规范化字体效果与手绘字体有机结合起来，是打破教条设计模式的一种行.之有效的创意方法。（图3-147 至图 3-158）

图 3-149

图 3-147

图 3-150

图 3-151

图 3-148

图 3-152

图 3-153

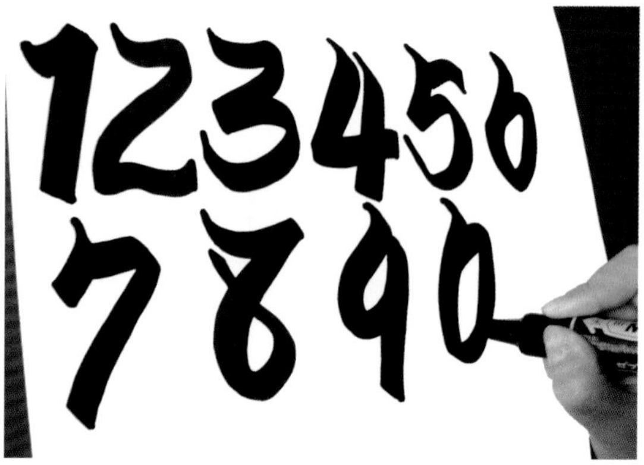

破天荒

图 3-156

图 3-154

老牌

图 3-157

图 3-155

铭菓●ほんまる

HONMARU

图 3-158

第四章 字体表现新意向

科学技术、社会经济、文化艺术的迅速发展，使人们进一步发现了文字视觉化的功能及其所潜在的信息传达的多种可能性，印刷媒体、感光材料媒介、电波媒介、光效媒介的出现与更迭，更是极大地丰富了人们的视觉空间，而计算机技术与现代传播方式整合的影响，正在变得清晰，产生出新的、不可估量的视觉能量。对于字体情感的表现张力与字体质感的追捧也正在蔓延，俨然成为一种设计潮流。从今天的眼光来看，不难发现字体表现的语言充满着后现代的细胞。它的表现形态是交叉的，具有一种形态的模糊性，是设计艺术也是"纯艺术"，是传统艺术也是现代艺术或实验性艺术，乃至于是后现代艺术及解构主义艺术样式中极具生命力的主题与形式。字体形态以无数个性化的形式表现获得了许多新的表达规律。本章将从审美心理的角度来诠释字体的创意表现。

第一节 字体元素的情感展现

文字不仅是语言信息的载体，还是具有视觉识别特征的符号系统。它不仅表达概念，同时也通过诉之于视觉的方式传递情感。情感作为心理学名词是指人对周围和自身以及对自己行为的态度，它是人对客观事物属性的一种特殊反映形式，是主体对外界刺激给予肯定或否定的心理反应，同时，也是对客观事物是否符合自己需求的态度和体验。字体元素审美情感不仅仅停留在对字体形美的欣赏，更关注的是人在心理上的感受，因为它是字体审美的更高境界。

一、表现元素

字体情感的展现首先来源于良好的"视觉感知"。我们要运用感性的方法对字体进行调度控制，也就是注重对感情的判断。而这种感知判断不但受到个人主观因素的影响，还包含文化程度以及个性喜好、生活经历等。对于美的认同有社会流行与个人审美取向，往往个性不同，文化环境不同，对事物的情感反映也不同，并不同程度地影响审美意识和艺术风格。由此可见，审美情感与个人品位息息相关。

其次，"想象"在审美情感中占据着举足轻重的地位。如果说感知的作用是为进入审美世界打开了大门，那么想象就是翅膀。联想在对字体的设计创造中是必不可少的，如设计师张开想象的翅膀，依照设计意图重塑字体，或是夸张变形，或是巧妙编排，或是肌理表现。一个设计师除了本身应具有丰富的想象之外，他的作品也应该能带动观者对其产生丰富的想象，获得比画面更深更久的心灵触动。

最后，"趣味"作为体现审美情感的重要手段，它是人的本性中的天然存在与内在情感中和的一种专门欣赏美的特殊感官，是直接的、不假思索的和瞬间完成的，是一种直接的感受和品位。当我们感受到艺术中的"趣味"美时，就会随之产生一种特殊的愉快感情。画面中字体的聚集与疏离，及莫名杂音感、跳跃感、空间感等都能产生出不同的情趣来，而这些都有赖于巧妙的构思。

二、风格展现

情感的外在表现都体现于字体的形态与色彩。风格各异的字体式样配合视觉环境能诱发不同的情感感受。

1. 优雅柔美：这类字体造型清新、流畅优美，常给人一种温婉秀美之感。较适合有关女性或轻工业、服务业等主题。如女用化妆品、服饰品、日常生活用品等。（图4-1至图4-3）

图4-1
喻湘龙

图 4-2

图 4-6

图 4-3

3. 年轻时尚：字体造型形式感强，色彩个性突出。这种具有强烈的视觉个性与张力的字体,常给人以活泼有趣、年轻时尚之感。适用于运动、休闲、时尚、低龄人产品等主题。（图 4-7 至图 4-14）

2. 稳健庄重：字体的造型硬实，颇有力度；给人以稳重简约的现代感，视觉冲击力较强。这类字体适合表现机械、工业、科技等主题，如电脑、家电、汽车等。（图 4-4 至图 4-6）

图 4-7

图 4-4
孙浩淼

图 4-5

图 4-8

图 4-9

图 4-13

图 4-10

图 4-14

4. 传统古朴：这类字体真挚朴素，能带给人亲切怀旧之感，并颇有民族传统的味道。中国的文化博大精深，许多少数民族文字也在历史的长河中形成了自己独特的笔画特征，这些为设计师们提供了不可多得的设计元素。如将藏文、东巴文、甲骨文这些传统元素与现代概念设计的圆融，能为作品孕育浓浓的民族情感。（图 4-15 至图 4-20）

图 4-11

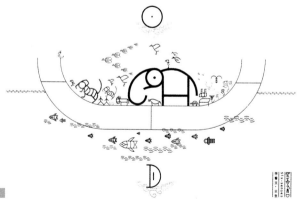

图 4-15

图 4-12

图 4-16

图 4-17

图 4-18

以上是根据字体造型特性归纳的几种比较典型的风格。通过对字体字型的个性塑造与编排以及色彩的配合运用，也能给观者带来截然不同的心理感受。

5. 愉悦感：通常我们以轻松或幽默的文字与其编排形式及明快的色彩来表现这类字体，给观者一个轻松愉快的视觉环境，从而达到审美情感的愉悦。（图4-21至图4-23）

图 4-21

图 4-19
孙浩淼

图 4-22

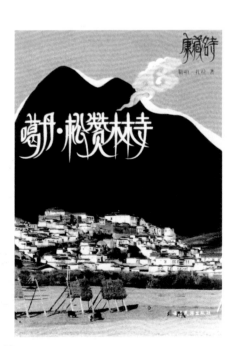

图 4-20

图 4-23

6. 紧张感：为了造成观者视觉上和心理上的不稳定感，我们通常用一些不规律的文字与编排方式辅以沉闷的色彩来刺激人们的视觉神经，从而传达出设计者想要表达的情感。当然，这些情感都有赖于人各自的"感觉经验"。许多情感的表达是十分微妙的，设计时我们要开动脑筋，细心观察，认真体味，才能挖掘出字体深刻的语义内涵。(图 4-24 至图 4-29)

图 4-26

图 4-24

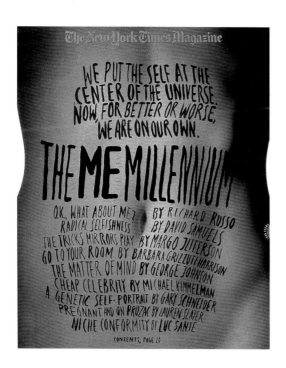

图 4-27

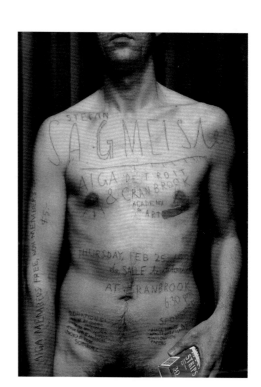

图 4-25

图 4-28

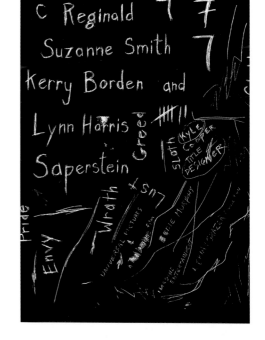

图 4-29

第二节 字体的"视觉质感"表现

所谓"视觉质感",法国视觉美学家德卢西奥迈耶是这样描述的:"它就是我们所能看到的质感,这种视觉质感吸引我们亲手去触摸,或至少与我们的眼睛很'亲近',或者换言之,通过质感产生一种视觉上的感觉。"文字的"视觉质感"也就是我们用眼睛所能看到的字体的质感,它通过不同的材质运用体现出各种肌理效果。在设计应用中,字体质感的合理运作不但能扩展视觉及心理空间,给人一种亦真亦幻的现代美感,而且更具有人情味和亲和力。真实的视觉质感能加强作品的注目性,无形中增加了版面的维度。视觉质感还有心理暗示的作用,看似简单、随意的肌理搭配折射出的隐寓性使人心理产生变化,正是这种心理感受所达到的视觉强度,使得字体富于生机。

字体视觉质感的表现可以通过拼贴、组合、重叠或背景的叠加以增加文字表面的丰富性和空间的混合效果。文字本身可以作为纹样肌理的构成要素,以组成各种效果的文字,其识别性与背景处理有很大的关系。

通常的设计方法可以归纳为以下五种:

1. 肌理有天然与人工之分,自然肌理是物体本身表面的纹理,而人工肌理则是人工合成的类似于物质表面的纹理。后者可以借助工具、材料、工艺和电脑等手段完成。这种材质之美所反映的不仅是人们对自然淳朴情感的流露,而且也充分展现了人类创造审美的方式,并从中解读不同的视觉信息,品味各异的风格。

2. 尝试用各种手段对同一文字、不同字体做肌理处理,以创造出不同的肌理纹样效果,体验肌理对文字形态的影响,以及文字形态与肌理纹样的视觉关系。

3. 在不同明度、色相、纯度肌理的背景中,放入同一种肌理的文字,比较其视觉识别性。

4. 尝试将文字作为构成元素,创造文字的肌理。

5. 当尝试过各种对比后,试着找出字形与字形之间的质感搭配,组合与分散之间的质感趣味,其间所能产生的各种感观。(图4-30至图4-44)

图 4-30

图 4-31

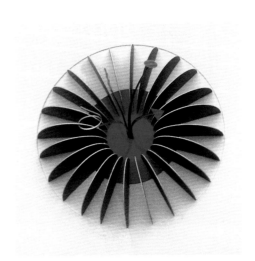

图 4-32

图 4-33

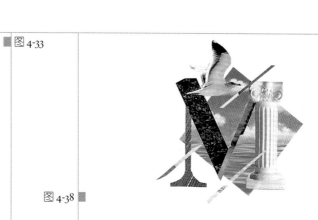

图 4-38

图 4-34

图 4-39

图 4-35

图 4-40

图 4-36

图 4-37

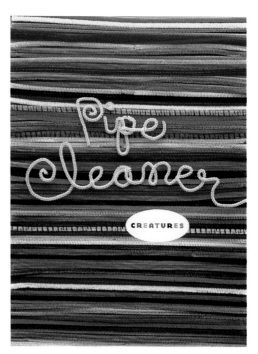

图 4-41

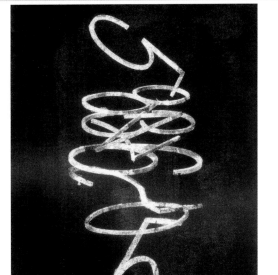

图 4-42

第三节　字体的色彩表现

　　在视觉传达设计领域中,色彩对于字体元素的信息传播始终起着非常重要的作用。不同的色彩能增加文字的抒情性，增强文字的个性特征，强化文字的传播功能。因为每一种色彩均有明确的个性特征。如蓝色散发的冷静与崇高；红色迸发的热情、喜庆、革命或危险；绿色洋溢的生命活力与和平；黄色威慑的光明、高贵与希望等。从另一个角度来看，独具风格的色彩表现还能呈现出奇妙的空间感，深化和丰富平面空间，使我们的设计异常生动有趣。例如：以红色、橘色系列为主的暖色调有前进感；蓝色、紫色等冷色系列具有后退感；明亮的黄色系列有较强的视觉扩张感；而纯度较低的冷色系列则有收缩感。当然这些色调都是参照字体本身与所在环境相比较而言的。我们在设计实践中，要多尝试各种色彩的表现方式，例如：

　　1. 可以运用不同色彩表现同一文字，并进行比较分析，以了解和掌握色彩对字母或文字的识别性、个性、大小，以及笔画粗细的影响；

　　2. 在同一平面中，编排不同色彩的不同文字以了解和掌握它们所呈现的空间层次；

　　3. 选择或设计富有色彩个性的字母或文字，并使之与色调配合，以产生和谐的审美效果。(图 4-45 至图 4-55)

图 4-43

图 4-44

图 4-45

图 4-46

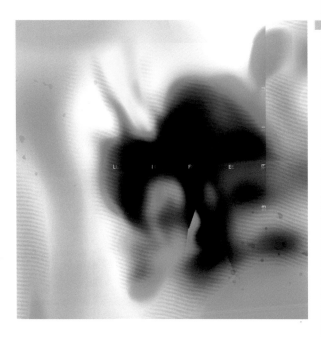

图 4-47
熊燕飞

图 4-49

图 4-50

图 4-48
熊燕飞

图 4-51

图 4-52

图 4-56

图 4-53

图 4-54

图 4-57

图 4-55

第五章 字体运用与设计实践

第一节 设计与定位

　　字体的设计与定位是对字体设计的性质目的以及使用场合、表现手法的总体设想和把握。正确的设计定位是设计好字体的第一步，当对某一字体进行设计时，必须先对相关资料进行搜集、整理和归纳，在这一基础上确定字体所应传递的内容、字体的个性识别、字体设计的表现手段以及字体以何种面貌出现，在实际应用中的各种制作方法等。由于字体在应用上的多样性，故字体的设计定位必须结合不同的内容需要来进行，或严肃端庄，或活泼轻松，或高雅古典，或怪异现代，不同的信息传递内容要有不同的设计定位。

第二节 现代书籍字体的分类设计

　　书籍是用文字、图画和其他符号在纸质材料上记录各种知识、清楚地表达思想、积累人类文化的重要工具。文字作为书籍载体的主要内容，人们不仅要从中获得信息与知识，文字特有的艺术表达力也能给我们以美的感受，因此，文字在书籍设计中的设计与规划就显得十分重要。书籍装帧中的文字有三重意义，一是书写在表面的文字形态，一是语言学意义上的文字，还有一个就是激发人们艺术想像力的文字。而对于设计师来说，第三重意义是最重要的。书中文字的设计几乎渗透到各个方面。封面上的文字设计构成要素有书名、著作者名、出版社名，这是封面的功能性所规定的必不可少的内容。有些封面还印有丛书名、书名副题，甚至简短的内容提要和广告语等。书籍内文的文字设计构成要素有扉页、目录、标题、正文、书眉、页码等。设计师所要解决的问题就在于如何以文字特有的形式表达强而有力的视觉秩序、表达思想、传达信息而又能使读者处在宽松愉悦的心态中接受这些传播信息。因此，我们要发掘不同字体之间的内在联系，以画面中使用的不同字体为基点，从字体的形态结构、字号大小、色彩层次、空间关系等方面入手。

一、封面字体设计

　　1. 书名的设计。书名的设计在整个装帧设计中占据着极其重要的地位。也可以说，书名是整个装帧设计创意的核心。因为，书名不仅是读者关注的中心，也是表达情感的符号。书名"形"的疏与密、轻与重、肥与瘦、粗壮与细腻的变化都会引起读者的特别关注；书名"形"的变化所酿造出的形式意味，会给读者以微妙的象征提示和复杂的心理暗示，它以无穷的韵味让书籍封面展现出无限的风采。

　　我们在设计时，首先应掌握了解各种字体的性格特征，针对书籍的特性与内容，选择合适的字体表达方式进行设计。例如：我们会选用端庄严正的字体来体现政治类书籍名字的崇高与庄严；以变形的宋体与缠绵的情节相对应来表现浪漫爱情小说的书名；以充满动感的字体形式来表现情节惊险的小说；以轻松活泼，充满童趣的字体来表现少儿类书籍。此外，电脑字库中多姿多彩的字体与形态多样的字形为我们提供了千变万化的效果，大大丰富了书名字体的设计手段。不过，书名的创意不宜花哨，如有的封面上的书名，为了追求变化，刻意选用广告字体并且做了许多特效，或者是字体编排顺序混乱，让人无法读懂。有的书名字小得让人难以发现，这样不仅会令书籍的"书卷气"大打折扣落入俗套，而且会阻碍书名功能的发挥。因此，书名的设计只有达到了功能性与艺术性的统一，才会产生真正的美感。（图5-1至图5-7）

城市经营系列丛书

[主编] 白小易 [编委] 新周刊 马达思班 利鸿天

上海人民美术出版社

城市再造

如果用一而至更長的時間跨度來審視一座城市的發展，能夠一直保留下來的視野，恐怕就剩下建築物了○時間的演變，將城市的人、他們的生活、文化都鎖定成記憶，成爲歷史。而留下來的物質化的建築，幾乎對每一座城市，都有到不同的處理選擇○幾樣的困就會審到怎樣去對待這些不同風格元素的建築？

图 5-1
杨杰 ■

图 5-2

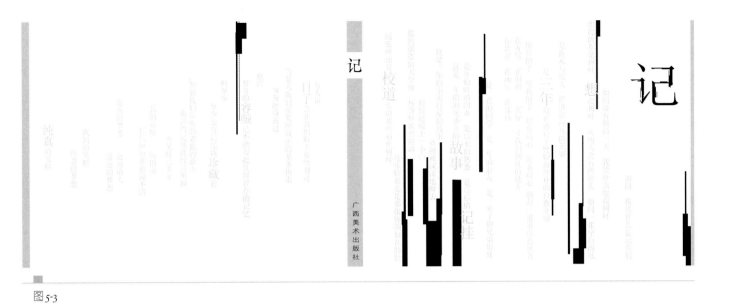

图5-3

图5-4

图 5-5

图 5-6

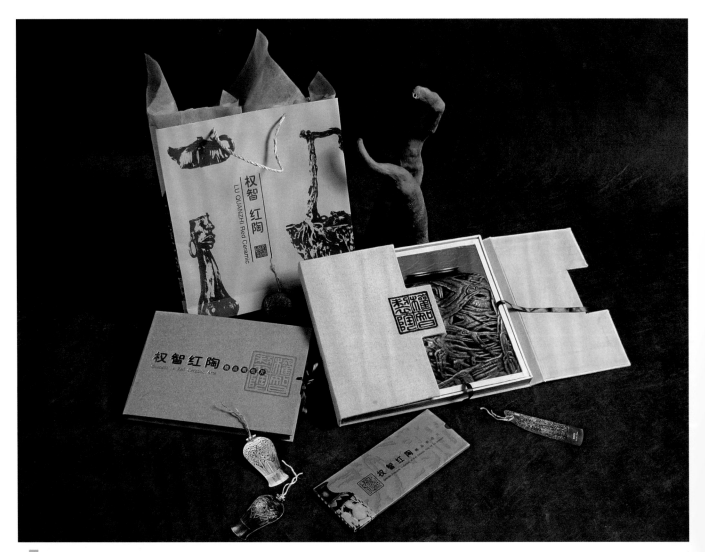

图 5-7

熊燕飞 周洁

58

2. 以文字为封面主体形象。在进行书籍封面创意时，我们会发现字体特有的造型式样与语义功能，能为设计提供不可多得的视觉形式。因此，以文字作为封面设计的"主体形象"，成为封面创意的有效手段。把文字用做封面主体形象，也就是把字体的基本因素提升到一个图形化的层面上来，其本身具有的构成图式能准确地传达设计意图，并与书名及整体装帧风格相融合，最终成为信息传递与交流的一个重要表现方式。如果辅以一些特殊的材质及印刷装订工艺，能大大拓展书籍封面的形式意味与表现力。（图5-8至图5-18）

图 5-10

图 5-8

图 5-9

图 5-11

图 5-12

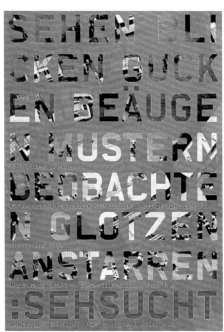

图 5-13
陈楠

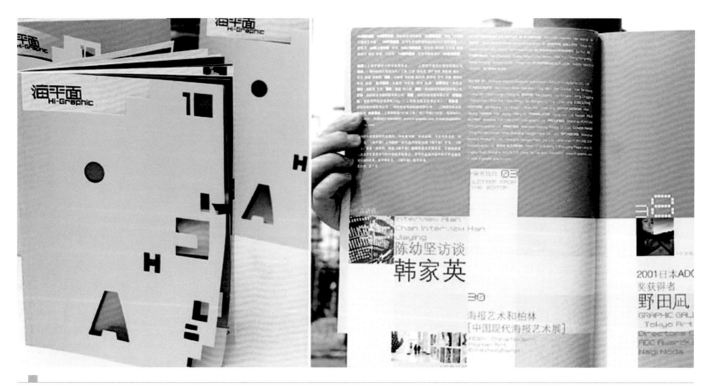

图 5-14

图 5-15

图 5-16

图 5-17

图 5-18
周毅

二、书籍内文的字体设计与编排

书籍内文的字体设计是常被设计师忽略的细节。其实，内文也是装帧设计的主体，它最多，也最主要地表现图书的情感和思想。在书籍版面中，每一个字、每一个符号、每一段文字都是画面的设计元素。

设计时我们要注意以下几方面：首先是字体版面的技术设计。所谓版式中的技术设计是指版式的科学性，即阅读时视线流动的客观规律，它主要涉及到字体、字号怎样看起来舒服，文字和图片的排列怎样适应视觉需要，有利于阅读。我们在设计时要仔细推敲协调好正文字体、字体大小、字间距、行距之间的关系。这些看似简单的环节其实也包含着许多学问。例如：为了减轻眼睛在看书时的疲劳感，我们通常选择字形娟秀、笔画粗细有致的宋体作为正文字体。黑体字笔画较统一，具有醒目的视觉效果，常常被用于标题。现在的电脑字库中有各种体系的印刷字体供我们选择，其中有许多广告字体，它们在字形上各具特色，但由于不够规范的笔画往往会造成阅读的障碍，因此正文字体一般不选

择这类字体。另外，字距、行距的把握也至关重要，太小太紧，则会让人读起来费劲；字距、行距太大，会阻碍视觉的连贯性。不过，现在的一些儿童类读物中经常使用疏排法，字距与行距都相应加大，制造出阅读的慢节奏，让孩子们在缓慢的阅读中细细地理解文字内容。由此可见，保持书籍版面的易读性与内容的可读性是每一本书籍内文设计的基础。其次，书籍内文字体设计还包含着艺术设计的内容。书籍内文的编排在经历了漫长的归整、有序之后，设计师不满足单一的设计模式，开始注重人文主义文化和个性的发展。具体体现在它表现形式的多样化上，如不同字体的混合、大小对比和结构的形成、空间分布等。可以是文字以图的装饰性编排，也可以是解构重组式的编排，还可以是模糊语序的绘画性编排，或者是重叠堆砌的立体式编排，从而产生对比、紧凑、情调、活泼、严谨、安静和运动等特征，让文字同时具有传递信息与审美的双重功能，充分显示了文字不可抵挡的传播魅力，并且大大加深书籍内涵。(图5-19至图5-21)

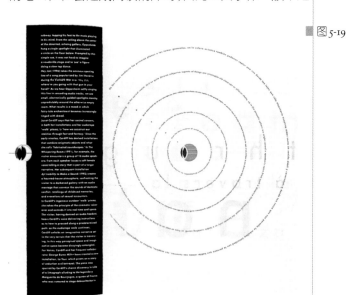

图 5-19

图 5-20

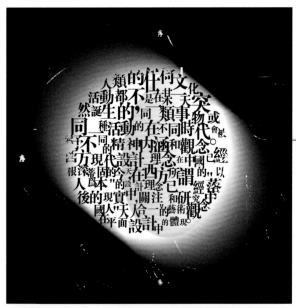

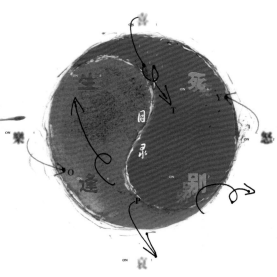

图 5-21

熊燕飞

第三节　文字标志的设计与应用

一、文字、标志与意义

1. 文字标志与发展趋势：随着信息通讯与互联网的迅猛发展和普及，以及英语逐渐成为国际化语言等因素，使世界经济一体化变为现实，由此导致了设计的国际化趋势，这种国际化也使得以英文为主的文字标志成为国际化标志设计的主体。在世界经济一体化的今天，文字标志成为诸多企业不可缺少的一部分，并且纯文字的标志在设计中占有越来越大的比重。许多我们耳熟能详的世界著名企业采用的都是文字标志。例如：可口可乐、IBM等。文字标志的最大优势就在于它同时具有形、音、意的特点。形用于感目，音用于感耳，意用于感心。由此导致人们能在最短的时间内对标志产生准确而深刻的印象。

文字标志的发展同时推动了字体设计的多样化，使字体元素得到前所未有的重视。许多设计师都把字体设计视为一种能驾驭一切的语言符号，并把字体设计放到了极为重要的位置。（图5-22至图5-25）

■图5-22

■图5-23

■图5-24

■图5-25

2. 文字标志是视觉化的符号：文字最基本的功能是记录和传达信息，文字标志却不是仅以传达信息为最终目的，而是作为一种手段和方法影响社会大众的态度看法和情感，从而达到树立形象等目的。因此，可以说文字标志也是企业一种视觉化的传达信息的战略手段。

文字源于图形，尽管发展到今天几乎都是以一种语音符号出现，但作为文字标志都具有一个基本确定的视觉形式。当我们把这种视觉形式看做是声音符号时，它是象征性的；当我们把它看做是视觉符号时，文字标志就可能表现出一些有关理念、信誉的性质。有时一个字体也可以是一种硬性规定的符号。就如我们前面所说，文字标志同时具有语言、语音、图形的形式。它是语音音素及其拼和的语言的视觉化符号。对拼音文字来说是大小写字母或其拼和；对于汉字来讲，是单独一个有具体意义的字或多字组合成的词语及短句。

二、设计定位

当我们立意用文字的形式来表现某组织、企业、产品和活动的标志时，设计前应考虑到：1. 文字形象如何产生创新的风格和独特的个性并与客户的形象相适应。2. 怎样传达出客户具有发展性、信赖感及优良的品格并满足观者的喜好。3. 如何使标志产生美感并保持文字标志的清晰与易识别感。

三、文字标志设计

字体标志图形：以文字独特的个性与造型作为标志视觉主体的图形，用来表示事物、象征事物，同时表达事物、对象等抽象的精神内容。字体标志图形的形式主要有汉字标志和字母标志。

1. 汉字标志：汉字作为表义兼表音的文字，发展到今天仍保留了许多图形的特征。如果站在信息化、视觉化、艺术化的视角审视汉字，它无疑是一种有巨大生命力和感染力的设计元素。尤其是它被广泛地运用于现代企业的标志设计，铸就出现代视觉传达设计的一道亮丽的风景线。汉字标志的设计要根据企业或品牌个性，对笔画的形态、线条粗细、字间的宽度与连接配置，统一的造型等做细致严密的规划。汉字的书法形式在一切物品都趋向规格化、工业化、个性化的今天，以其亲切、自然与真诚的视觉形象深受人们的青睐，同时，它也成为今天汉字标志形式表现的新趋势。使用书法字，不但能提高组织、事物、企业或产品的知名度，挖掘其文化内涵，而且也是市场营销的重要手段。由于书法字洒脱、飘逸、笔画变化及墨色效果充满情趣，创作时可不遵循传统的书写技法。此外，还可以在规范字体中局部融入书写字体，书写字体笔画的变化多端大大加强了字体整体的灵活性和个性，形成一种既严谨又洒脱的文字风格。（图5-26至图5-39）

CAFE DECO

K. ASSOCIATES
ARCHITECTS

GUANGXI   TOURISM

HENG CHUN

FAN ZHU FORTUNE

驿道标识

图 5-34
利江
喻湘龙

图 5-38

欧陸江畔風情，造就生活經典

图 5-35
孙浩淼

广西旅游
GUANGXI TOURISM

图 5-39
熊燕飞

图 5-36
孙浩淼

黄藥師
DOCTOR
HUANG

2. 字母标志：作为表音的拼音文字，字母是一种很好的视觉识别符号，它们造型简单、紧凑、美观，且富有趣味性。字母标志具有简洁明了、歧义性低的特点。设计时主要寻求视觉上新颖与形式的个性。(图 5-40 至图 5-51)

314 434 7237

图 5-37
孙浩淼

图 5-40

4
production solutions

图 5-41

wendy&amy

图 5-42

图 5-46

快路运输公司

图 5-47

图 5-43
庞冬坚

图 5-48

图 5-44
周伟雄

山里有水奶屋
shan li you shui nai wu

图 5-49

FIVE POINT SIX
伍点陆平面设计工作室

图 5-45
朱蓓蓓

图 5-50

图 5-51

由于 26 个拉丁字母的造型各异，我们经常会遇到某些较难组合的字母，下面将介绍一些字母标志设计的技巧。

（1）笔画的共用。字母标志设计最简单的方法就是寻找字符间可共用的笔画。（图 5-52）巧妙地使用颜色与图形可以使组合更加简洁，整体感强。（图 5-53）如果遇到有斜线与直线字母的组合，最好的方法就是将倾斜线条的字母切成两半。用这个方法，我们可以完美地将字母 A 和 K、B、H 等结合起来，还可以将字母的笔画做倾斜或者夸张、省略的调整。（图 5-52、图 5-53）

图 5-52

图 5-53

图 5-54

（2）大小写的切换。如果你选用的字符线条不统一，可以通过切换大小写或更换字体的方法来解决，一些日常很少用的字体往往会带来意想不到的效果。不过，小写会给人随意与不正式的感觉，设计运用时要慎重。（图 5-54）

（3）连接。第一，笔画的连接。很多字母都有中间笔画，把这些笔画延长连接起来，效果就大不相同了。为了分辨每个字母，可以在笔画交错的地方做好切口，或者使用不同的颜色来获得视觉的形式感。（图 5-55）有一些字母拥有共同的顶部水平线，它们可以通过这些简单地结合起来，不过这样往往会有一种排列过于紧凑的感觉，为了避免这样，你可以给它们加上背景，对于笔画较粗的连接字母，在其接合处做一个小缺口，然后画上白色的中线用来指引视线。这样会避免粗笨的感觉。（图 5-56、图 5-57）第二，字母的连接。巧妙地将字母邻接的曲线编制在一起可以创造出优雅的效果。当然，不同的字体可能需要不同的编织技巧。一个环形的字母可以和另一个环形的字母互相嵌套在一起，这样使它们看起来更整体。（图 5-58）

图 5-55

图 5-56

图 5-57

图 5-58

（4）删除线条。在一些具有现代感的字体中，往往有一些非常细的线条，我们可以删除某个字母的一个线条然后把它们组合起来，能得到不错的效果。（图5-63）另外，对于有倾斜线条和枝杈的字母，如F、K、T、V、W、X、Y、Z，你可以尝试截除掉线条的一部分，这个方法特别适合于粗字脚字体系。设计灵感来自于蜡版印刷，有些线条会有残缺，但读者的眼睛会自动补齐它。（图5-59至图5-62、图5-64）

图 5-63

图 5-59

图 5-64

图 5-60

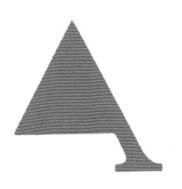

图 5-61

图 5-62

（5）图底转换。试着将一些字母的图底转换，使字母共用同一边缘。特别是有多个字母的时候，可以将字母交错反相，这样的标志图形颇具形式感。（图5-65）

（6）添加。在字母的结构处巧妙添加图形，能体现字母的趣味中心，模糊字母造型的缺陷。例如图5-66中，在这三个字母上增加了一些图形，使本来简单的造型更生动和丰富了。再看图5-67中，几乎不能结合到一起的两个字母通过有趣的形状和色彩组合到了一起，虽然完全不同但是却能传达整体的效果。有时我们还可以为字母添加背景，通过色彩的对比关系，体现字体形式。（图5-68）

图 5-65

图 5-66

图 5-67

图 5-68

（7）裁切。剪切掉字母的底部，视觉的缺陷会让观者把注意力转移到字母的周围，把说明文字放在下面就能收到很好的效果。（图 5-69）

图 5-69

四、标准字及标志应用

标准字是将企业的规模、性质与经营理念精神通过文字的可识别性与说明性等明确化的特征，创造独特风格的字体，以达到企业识别的目的并以此塑造企业形象，增进社会大众对企业的认知度。

标准字是企业形象系统中最重要的因素之一，它种类繁多、应用广泛，几乎涉及了视觉识别中的各种应用设计要素，出现频率不低于企业标志，它的重要性可与标志等量齐观。标准字的设计是根据企业品牌名称、活动的主体与内容而精心创作的，对于字距、笔画的配置、线条的粗细、统一的造型要求都做了细致的规划设计，具有很强的个性风格，是普通字体无法相比的。标准字包括有企业标准字、产品名称标准字、活动标准字、标题标准字等。

在设计过程中，我们应该着重解决以下几个方面的问题：1. 识别性。根据企业精神的差异，标准字所体现的造型风格与个性等应有所区别，力求与其他企业产生差异，达到易于识别的目的。2. 易读性。标准字的设计应遵循易于识别阅读的原则。企业标准字应具备明确的传播信息、说明内容的易读效果才能提高视觉传达的瞬间效果。3. 造型性。企业标准字在清晰醒目、易读性高的基础上还应追求造型上的创新和美感。不但要通过其形态特征传达企业的视觉形象，而且要力求做到美的传达。我们可以从字体的间架、笔画、外形、空间韵律感等着手，加上创新的编排方式，恰当地表现文字的意象，配合时代的要求，达到最佳的传播效果。4. 系统性。标准字在导入整个企业识别系统时，如何与其他视觉要素和谐地组织搭配、运用，并且适用于各种不同组合状态。在字体设计时，都应面对各种不同的应用领域作出适合的组合形式，以贯彻视觉传达的统一感。5. 延展性。由于标准字在各种媒体的大量应用，对于不同的材质、不同的技术要求，它必须适应放大、缩小等多种表现形式，并同时保持字体清晰的传达效果。

在标准字的编排上首先应注意尽量少用斜体字，因为斜体字在竖排的时候会有不稳定和倾斜的感觉，如果要竖排则应将字体进一步修正。其次是避免连体字，因为连体字外形虽然流畅优美，但在使用时常常具有一定的局限性。最后是字体变化应避免过于极端。若是把标准字变化得极端夸张，就更不能适应排列方式的改变，会产生松散的现象。（图 5-70 至图 5-75）

图 5-70

图5-71

图 5-72
黄竞

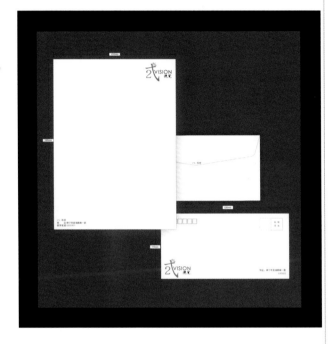

图 5-73
韦娟娟

图 5-74
李佳

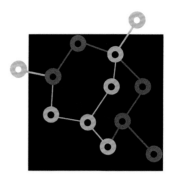

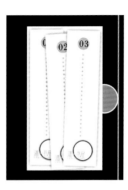

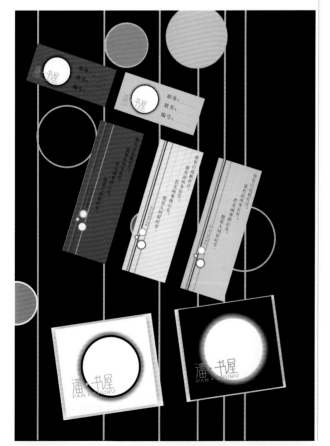

图 5-75
吴就远

第四节　环境标志中的文字设计

标志设计是一门综合艺术，它创造出各种工具，帮助人们了解所在空间而不会迷失方向。这些工具通常是指负责传达整合性资讯的组织化标志物和平面视觉艺术。标志在我们的生活环境中随处可见。良好的标志设计，不仅代表了一个国民艺术涵养的水准，也是一种良好的文化指标。令人赏心悦目的标志设计，在都市景观中，可为我们的国家带来美好的视觉文化形象。（图5-76）

标志设计的应用范围十分广阔，从其应用的功能范围来分大致有公共标志和商业标志。公共类标志主要包括应用在公共道路、机场、博物馆、医院、主题公园等的各种标志；商业类的标志则主要包括了各种商业用途的标志，如：加油站、酒店、商场等。由于功能决定了标志要具有很强的指示性，因此标志中的文字设计的好坏是衡量标志设计成功与否的重要因素之一。

设计要领：

1. 对于大多数的城市公共环境设施，如：城市道路各种指示牌，飞机场、火车站等地的视觉识别标志系统，文字设计都会要求整体标志理性地表现，应强调其信息传递的准确性与标准性。标志大多选择笔画规范、清晰且醒目的字体，如黑体、粗圆体以及拉丁字母的无饰线字体。文字的字号不能太小，颜色也应该是对比鲜明的，间距行距都要以易读性为准，此外文字的编排也应以整齐规范为标准，切忌杂乱、花哨。（图5-77至图5-81）

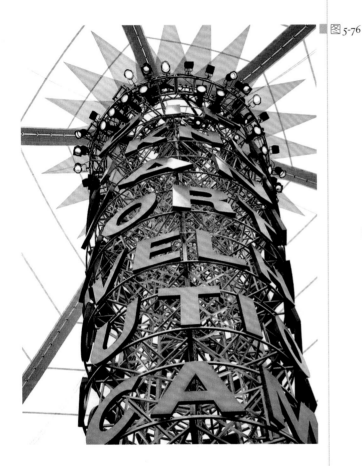

图5-76

图5-78

图5-77

图5-79

图 5-80

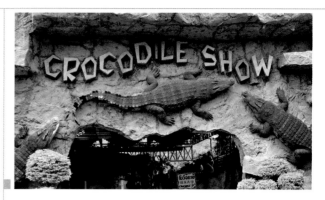

图 5-83

图 5-81

图 5-84

2. 博物馆、主题公园等环境的文化性与娱乐性更强,其标志的文字设计不论是在平面或是空间的表现形式还是在材料的运用上都可以更加灵活,字体的选择应该跟周围环境、主题思想与材料协调统一,且达到信息的连贯性,与细部设计的统一性。文字的编排也可根据标志的外部造型与式样进行创意。(图5-82至图5-95)

图 5-82

图 5-85

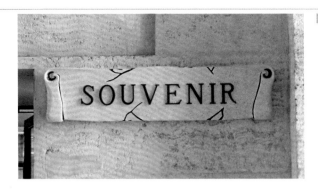

图 5-86

图 5-87

图 5-89

图 5-88

图 5-90

图 5-91

图 5-93

图 5-92

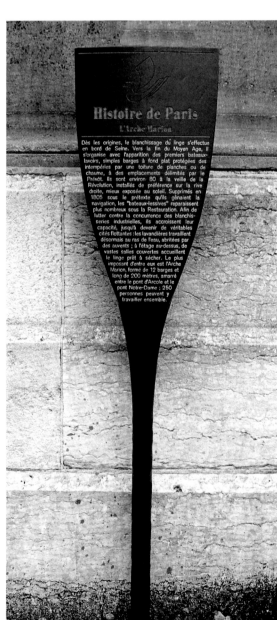

图 5-94

图 5-95

3. 各种商业标志。如放置在售货环境中的室内办公区域的小型展示台、展示架，店面的招牌，商店悬挂的立体广告、展示卡、橱窗设计等。酒店、企业或某组织的标志系统等其实也是 VI 设计中的一部分。a. 文字信息的简化与易读性：大型广告标志的文字信息要求要有足够的视觉强度，所以设计时应该选用简短精练的文字内容、规范的字体，字号也不能太小，强调文字整体的易读性，以进一步提高注目力。b. 强烈的视觉个性：突显品牌个性的文字设计是商业标志的创意核心。我们不仅要在字体造型上下工夫，标志材料的运用以及表现形式也是至关重要的。c. 视觉识别的系统化：现代商品活动中，广告设计系统化备受重视。立体广告的文字设计也应该从视觉识别系统的角度进行整体设计。在展示环境和售货环境中存在着丰富的立体广告形式，更应该突出强调文字信息的识别系统化，不要轻易更改品牌或企业标准字，以免破坏广告内容的统一形象。此外，标志中的字体设计应该能适应各种媒介的传播。（图 5-96 至图 5-108）

图 5-98

图 5-96

图 5-97

图 5-99

图 5-100

图 5-103

图 5-101

图 5-104

图 5-102

图 5-105

图 5-106

图 5-107

第五节　包装设计中的字体应用

随着商品经济的高速发展,商品包装作为商品生产与流通的一个重要环节,承担着实现商品价值与传递商品信息的重要角色。它必须具备向消费者解释包装内容物的能力。设计师将所有设计因素精心组合起来是试图从心理上诱导消费者提高对某商品的注意力,而当消费者被吸引到包装面前,如果包装不能迅速有效地传达内容物的具体信息,设计就会大打折扣。因此,文字作为包装中不可或缺的设计元素显得格外重要。

包装上的文字设计通常包括两类内容：1. 广告类文字。包括商标名称、商品名称、广告语等。2. 说明类文字。用来说明产品的一般信息,包括单位重量与容量、质量说明、用法说明、有关成分说明、注意事项、出品厂家的名称和地址、注册副标题等。这些文字既是商品说明,又是商品的广告,还兼具提升企业品牌形象的任务。设计师所要发挥的作用就是如何将这些信息有效地传达出去,从而提高消费者购买欲,强化商品的品牌意识。要做到这一点,就要用不同的设计手法应对不同内容的文字。(图 5-109 至图 5-112)

图 5-108

图 5-109

图 5-110

图 5-111

图 5-112

计师需要根据不同的产品定位进行差异化设计。具体说来，不同的文字造型的表达能力反映不同的产品个性与品位，我们用古老的字体来反映商品传统与历史的悠久，或采用现代的字体与编排反映时代的潮流，或采用流畅而典雅的字体来展示商品的格调，或采用硬朗、简洁的字体表现男性用品的特征。在表现手法上，书法字体与印刷字体都有很好的表现力，书法字体以其自然、生动、创造性强的特点，深受人们的喜爱；印刷字体则以规范、清晰、易辨的优点被普遍应用。此外，字体还经常被用做图形的元素出现在包装上，通过图形化、构成、装饰的综合运用把握字体图形美。总之，我们不论用何种方式来处理商标和品名，都应注意易读、易辨、易记的基本原则。（图 5-113 至图 5-126）

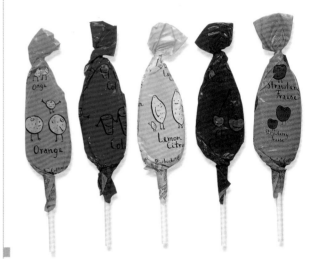

图 5-113

一、广告文字的设计

包装中的商标名称和商品名称是产品促销、制造商品差异化的重要手段。

商标与品名的文字字意不被当作主体信息，而是以字形的象征性作为一种独特符号来强调产品的所有权或者在同类商品中的被辨别性。但有一点我们需要注意，品名在包装上应该更简明、清晰，只有这样才有利于消费者的选择。用商标扩大商品的差异化比单纯强调包装内的商品属性更有助于竞争。因为，品名作为商品的客观属性并不具有独特的诱惑意义，而商标作为商品的附加价值是一种消费者感兴趣的信誉保证。但在文字设计方面却有着相反的规律。商标是产品给顾客的统一形象，因此商标所用字体不能随意更换，应用形式也有一定的规范。但品名是人们区别产品的重要标志，其字体的设计可以更加个性化。广告语是包装中的非必要文字，它是用来宣传商品具有推销性的文字。在内容上应简洁明了，切忌虚假啰唆。

出于树立品牌知名度和竞争的考虑，商标和品名文字一般被安排在包装主要展示面醒目的位置上。设

图 5-114

图 5-115

图 5-117

图 5-116

图 5-118

图 5-119

图 5-121

图 5-120

图 5-122

图 5-123

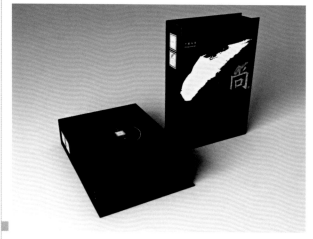

图 5-125

图 5-124

图 5-126

图 5-127

图 5-130

图 5-128

图 5-131

图 5-129

图 5-132

二、说明文字的设计

　　商品包装中的说明文字量往往大于商标与品名，它不再是以独特的视觉刺激为设计主旨，而是选用标准的印刷体，这样更有利于文字信息的认读和识别。由于消费者不需要了解深奥的技术细节，也不需要商品的说明像作家写的抒情散文，所以说明文字应当是通俗易懂，简短而突出中心的。我们在设计中，要本着迅速向消费者解释商品内容的原则来安排和选择字体。如何将字体与其他设计因素协调是摆在设计师面前的主要问题。设计师应该立足于销售的角度，去选择与商品属性"贴切"的印刷字体，把它们与包装造型、色彩、图形、商标等因素有机地结合起来，如有必要也可以将字体造型做小的调整。除此之外，针对不同消费群体的生理及心理反映，说明文字的设计与编排也要有所考究。例如，专门针对老年人的产品包装，应采用对比强烈的文字效果，避免印刷在有光泽的材料上，说明书避免用过小的字号以及手写体与其他时髦的字体。(图5-133至图5-137)

图5-135

图5-133

图5-136

图5-134

图5-137

第六节 广告文字的意象设计

广告，顾名思义，就是广而告之。它是商品经济的产物，在促进商品经济发展的同时，也在提高、方便人们生活等方面发挥着巨大的作用。广告的根本任务是传播信息，它作为视觉信息传递的媒介，是一种文字语言与视觉形象的有机结合，是联系商品与消费者的桥梁。广告的形式种类很多，如电视广告、网络广告、报纸广告、招贴广告、杂志广告、直投广告、POP 广告等。文字是这些广告中必不可少的设计元素之一，在画面中它可以是牵引你视线的构成要素，也可以是具有极强视觉张力的语义图形。不同的广告形式，文字的功能与表现形式也各有所异。

一、广告设计中的文字要素

通常广告中的文字主要有标题与说明文字两类。标题即广告语，它既是语言符号也是视觉传达符号，它是广告创意的主题思想，起着画龙点睛的作用。标题字体的选择要根据文案内容来选择，可以是印刷字体或者其他个性字体。字体大小及位置要根据画面的不同形式内容与布局来定。对于一些较为严肃的主题，标题编排方式是将多级标题在正文前面逐级排列。而在那些时尚的杂志广告中，标题文字有着千姿百态的表现形式。广告中的说明文字还包括一些解说式的文字。对于商业类广告，它的说明文字就包括有产品介绍、通信联络文字等。公益类的广告说明文字主要包括文案、落款等。这些文字要与广告主题协调统一，一般选用易读性高的字体，这样才能清晰准确地传达信息内容。（图 5-138 至图 5-140 ）

图 5-139

图 5-140

图 5-138

二、广告中文字的意象设计

所谓广告文字的意象设计主要是指以字体作为广告创意表现主导要素的平面广告。海报招贴中最常用到这种创意表现形式。文字的意象化创意使平面广告中的字体从说明、表述的功效上升到表现、意象的传达，以追求一种开放性的视觉感染力。这就要求我们以字体演变为创意表现展开的原点，以此来发展各种大胆的创意构想。如以游戏的心态或手法解构字体的可读性，或把字体解构成语言，使可读性游离于似识非识之间。如从冷僻字、异体字、古文字中重新赋予某种可读的意象，或利用偏旁、笔画的组合"创造"出新的书写。又如采用反、倒等方向与位置违反常规的排列，以惊奇的视觉审视这种迷离的字、词、句。

对于文字在画面中的编排，意象化的创意也有着全新的定位，其版式追求字效性、非理性、实验性与解构性、多元性，关注线条在运动空间中的姿态，着重于这种姿态归整的反拨。至于背离字体的书写原则，字迹的模糊不复识辨，相关的语义不能传达，这种纯粹的字体创作，将视觉集中于文字本身建立的认读空间的严格序列规定之外。同时由于认读关系，字义序列很快又将视觉空间转化为对认读的补充。它的视觉价值就在于如神话般的美感。然而，我们可在其中搜寻到的是相关的多重信息代码。当你将它当作一幅画来观看时，它却更像字，用笔与笔触、材质、肌理成为一种主要的信息，它们还可以传达出一种音乐感，或者熟悉的字的组合变为新的形式与不熟悉的符号等。(图5-141至图5-162)

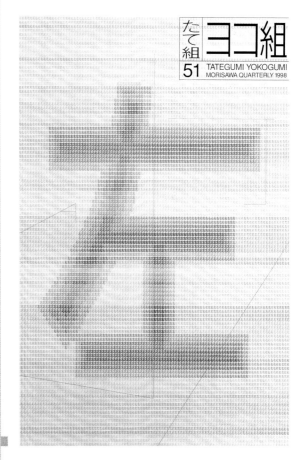

图 5-142

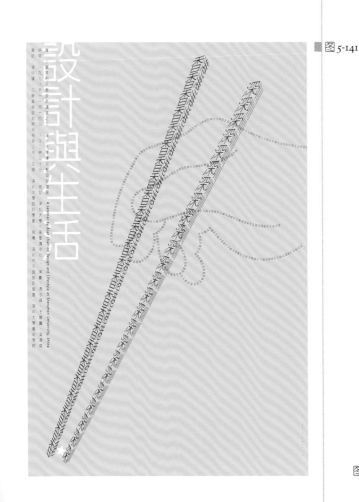

图 5-141

图 5-143

图 5-144

图 5-146

图 5-145

图 5-147

图 5-148

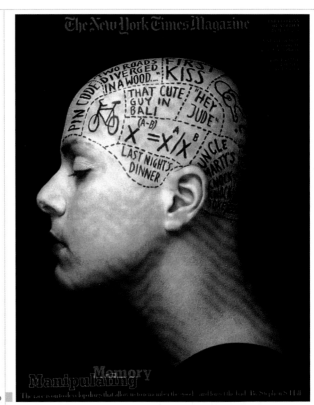

图 5-150

图 5-149

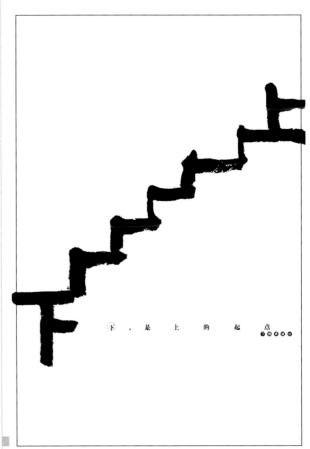

图 5-151

图 5-152

图 5-154

图 5-153

图 5-155

图 5-156

图 5-157

图 5-158

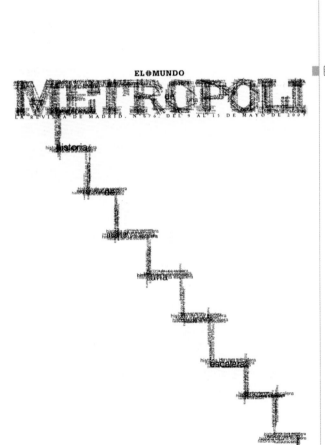

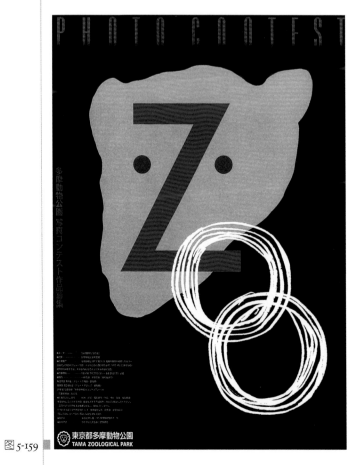

图 5-159

图5-160
作者：熊燕飞

图5-162

图5-161

这些创作效果为欣赏者提供了足够丰富的幻觉，也为我们的想象提供了无限的可能性。广告文字的意象化创意还应注意设计的"意"与传达的"象"内在的统一性与挖掘作品深含的文化性。

此外，如果你选择以图形为原点来表现创意，可以适当削弱对文字的表现，过于花哨的文字会破坏图形的视觉诉求力。在处理时尽量选择规范字体，可以缩小字号，但要保持其可读性。当然也不是对它置之不理，这些文字同样是构成画面与广告创意的重要元素。如何打造画面的视觉看点使其与图形、主题完美结合是设计难点。点、线、面是构成视觉空间的基本元素。我们可以将画面中的文字当作点、线、面来处理，可以是画龙点睛的点，可以是牵引人们视线的线，也可以是形态丰富的面。当然点、线、面又是相互依存、相互作用的，可以通过节奏、对比、重点、比例、平衡、融合、变化与统一、动感、空白等形式美构成法则来规划版面，把文字的内容美与形式美表现出来，令画面看起来更生动，更有意味。（图 5-163 至图 5-168）

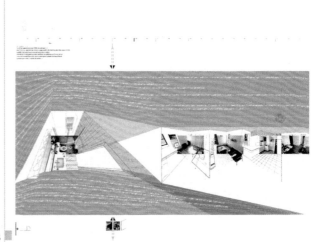

图 5-163

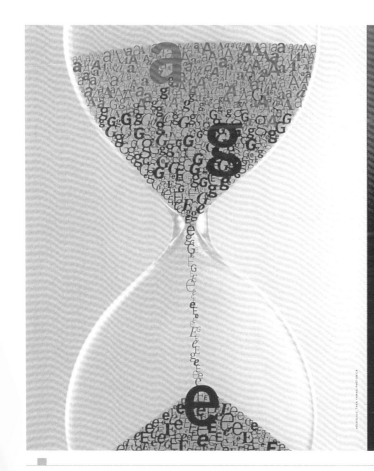

图 5-164

图 5-165

图 5-166

图 5-167

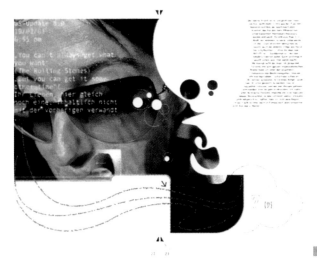

■图 5-168

结　语

　　本书较为全面地探讨了中英文字体设计的创意形式及方法。值得注意的是，我们不仅要把那些看似简单的设计原理学以致用，悉心钻研，还要大胆尝试，不断创新，把文字元素的魅力发挥到极至。汉字包含着深厚的文化底蕴，为我们提供了无限的艺术语言。作为一名中国的设计师，应该把传统元素融入到现代设计中去，用汉字文化的博大精深去感染世人。我们只有立足在本土文化的基础上，去接受外来文化的新形式新内容，才能创作出有民族个性和文化内涵的设计，才能推动中国的艺术设计事业走向更加广阔的天地。

　　拙著的编写受到广西艺术学院领导的关心与重视，特别是得到我的导师陆红阳教授、喻湘龙教授等多位专家的指导与帮助，广西艺术学院 2001 级—2003 级装潢班同学们也给予了我大力的支持并为本书提供了大量的优秀习作，我谨在此表示衷心的感谢。

　　由于时间关系，书中采用的部分国内外设计作品未能与作者取得联系，望在今后能给予致谢。书中还存在着不尽如人意的地方，望广大读者给予批评指正，我将会在以后的工作中补充、修正。

图书在版编目（CIP）数据

字体／陆红阳，喻湘龙主编．—南宁：广西美术出版社，2005.2

（现代设计元素）

ISBN 7-80674-914-4

Ⅰ.字…　Ⅱ.①陆…②喻…　Ⅲ.美术字—字体—设计　Ⅳ.① J292.13 ② J293

中国版本图书馆CIP数据核字（2005）第010731号

现代设计元素·字体设计

艺术顾问／柒万里　黄文宪　汤晓山

主　编／喻湘龙　陆红阳

编　委／汤晓山　喻湘龙　陆红阳　黄卢健　黄江鸣　江　波　袁晓蓉　李绍渊　尹　红
　　　　李梦红　汪　玲　熊燕飞　陈建勋　游　力　周　洁　全　泉　邓海莲　张　静
　　　　梁玥亮　叶颜妮

本册著者／熊燕飞

出 版 人／伍先华

终　　审／黄宗湖

图书策划／苏　旅　姚震西　杨　诚　钟艺兵

责任美编／陈先卓

责任文编／符　蓉

装帧设计／八　人

责任校对／陈宇虹　刘燕萍　尚永红

审　　读／林柳源

出　　版／广西美术出版社

地　　址／南宁市望园路9号

邮　　编／530022

发　　行／全国新华书店

制　　版／广西雅昌彩色印刷有限公司

印　　刷／深圳雅昌彩色印刷有限公司

版　　次／2006年6月第1版

印　　次／2006年6月第1次印刷

开　　本／889mm×1194mm　1/16

印　　张／6

书　　号／ISBN 7-80674-914-4/J·617

定　　价／36.00元